Klarant Verlag

Elke Nansen ist das Pseudonym einer Autorin, die den Norden und Ostfriesland liebt. Die Nordsee, die unendliche friesische Weite, das platte Land mit seinen ganz speziellen Charakteren – diese Region hat ihren eigenen rauen Charme, hier kann Elke Nansen ihrer Fantasie freien Lauf lassen. Und so schreiben sich die spannendsten Geschichten manchmal wie von selbst … Besonders angetan haben es der Autorin die ostfriesischen Inseln, die sie alle schon besucht hat. Als leidenschaftliche Taucherin liebt Elke Nansen die See und das Wasser. 8 Jahre hat sie im niedersächsischen Städtchen Verden an der Aller gelebt.

Elke Nansen

Tödliche Leyhörn

Ostfrieslandkrimi

Klarant Verlag

Copyright © 2018 Klarant GmbH, 28355 Bremen
Klarant Verlag, www.klarant.de – www.ostfrieslandkrimi.de
ISBN: 978-3-95573-784-9
1. Auflage 2018
Umschlagabbildung: Klarant Verlag
Klein Hauen ist ein fiktives Dorf in Ostfriesland. Es liegt in der Nähe von Greetsiel und ist dem Ort Neu Hauen nachempfunden. Bis auf Klein Hauen sind alle anderen im Roman beschriebenen Orte real, und genau dort, im echten und wirklichen Ostfriesland, spielt auch die Handlung.

Printed in the EU.

Kapitel 1

„Himmel noch mal", knurrte Faber, nachdem er die drei Pappscheiben zu sich gefahren hatte. Es war halb acht auf dem örtlichen Schießstand in Emden, der auch von der hiesigen Polizei zu Übungszwecken genutzt wurde. Die Anlage gehörte dem ansässigen Schützenverein und lag gleich am Emder Stadtgraben, etwa acht Minuten Fußweg vom Revier. Von Videowand-Schussanlagen, wie Faber sie in Frankfurt benutzt hatte, konnte die Polizei in Emden nur träumen. Hier schoss man in einem zugigen Holzverschlag auf Pappfiguren, die wenigstens elektrisch auf Distanz bewegt werden konnten. „Euch alle drei hätte es erwischt, wenn das ein Ernstfall gewesen wäre!"

„Ist es aber nicht", erwiderte Rike Waatstedt trotzig, sie war seine direkte Mitarbeiterin und Kriminalkommissarin in Emden/Leer. Ihr neuer Vorgesetzter war nun etwa acht Monate auf ihrem Revier. Krimimalhauptkommissar Richard Faber war ein unglaublich guter Polizist. Bei ihm stimmte so ziemlich alles, seine Intuition, sein Fachwissen und seine Technik, wenn es um Mord ging, doch abgesehen davon konnte er ein äußerst schwieriger Mensch sein. Sie wusste immer noch nicht, warum man solch einen kompetenten Mann von Frankfurt am Main in die Provinz versetzt hatte.

„Nö, Chef, dat is unfair", protestierte Polizeimeister Friedhelm Steiner, der ebenfalls mit seinem Kollegen Husman an dem kalten Morgen hier trainierte. „Ich hab den Kerl in den Oberschenkel und den Arm getroffen."

„Ja, Friedhelm, und trotzdem wären Sie tot, denn von den zehn Schüssen, die Sie abgegeben haben, waren die beiden Treffer die letzten!", konterte Faber. „Okay, noch eine Runde", befahl er und hängte frische Pappfiguren an den Seilzug.

„Es ist scheißkalt hier, können wir nicht langsam Schluss machen?", beschwor Rike ihren Vorgesetzten und Kollege Husman nickte zitternd vor Kälte.

„Nein, los, schießen!", war alles, was Faber mürrisch erwiderte, und er legte selbst an. Erneut knallte es, als die vier Polizeibeamten ihre Schüsse auf die Pappkameraden abgaben. Fabers Zielscheibe zeigte zehn Treffer, fünf im Kopfbereich und fünf in der Nähe des Herzens, das mit rotem Filzstift aufgemalt war. Rike schlug sich dieses Mal nicht ganz so schlecht, dennoch war ihr Papiergegner durchlöchert, als hätte sie mit einer Schrotflinte auf ihn gezielt. Bei Polizeimeister Husman und Steiner waren Hopfen und Malz verloren, kein einziger Schuss hatte sein Ziel getroffen. „Himmelherrgott, Husman, Steiner, gratuliere! Sie haben gerade so ziemlich alle Passanten, die in der Nähe Ihres Täters standen, in die ewigen Jagdgründe geschickt", kommentierte Faber das Desaster zynisch.

„Na, meiner ist jedenfalls hinüber", warf Rike ein und blies sich verfroren in die Hände.

„Super, Hackfleisch in der Emder Innenstadt", kritisierte Faber und sah sich Rikes durchlöcherte Scheibe an. Er schüttelte resigniert den Kopf. „Am besten, Sie alle erwürgen Ihre Kriminellen einfach, das hat eine höhere Erfolgschance." Dann lud er sein Magazin nach, schob es in seine Heckler & Koch FSP9, sicherte die Waffe und steckte sie in sein Gürtelholster. Rike wollte es ihm schon gleichtun, als er sie strafend ansah. „Sie machen weiter, noch einmal fünfzig Schuss", sagte er und drehte sich zum Ausgang. „Ach ja, die fünfzig Schuss will ich jetzt jeden Morgen von Ihnen, bevor Sie Ihren Dienst antreten."

„Leck mi in de Moors", fluchte Rike, doch Faber war schon aus der Halle verschwunden.

„Der Chef ist seit ein paar Wochen so ein richtiger Kribbkopp, wat will he denn?", fragte Steiner und hatte seine Hände in die Manteltaschen geschoben. „Außer ein paar betrunkenen Jugendlichen ist es doch ganz ruhig. Bei der Kälte haben selbst die Verbrecher keine Lust, was anzustellen."

„Das ist ja das Problem", erklärte Rike. „Dem ist langweilig und dann wird er noch unausstehlicher, als wenn er sich ärgert. Dem wäre am liebsten, dass eine saftige Leiche irgendwo auftaucht." In dem Moment kam der alte Frings mit einem Tablett voll heiß dampfender Tassen zu ihnen.

„Ji wullt sük woll verköhlen", meinte der Pächter des Schießstands und reichte ihnen die Tassen. Gierig nach etwas Wärmendem nahm jeder sofort einen Schluck, doch was wie Tee aussah, war ein steifer Grog.

„Mensch, Frings, wir sind im Dienst und es ist noch nicht einmal acht Uhr", beschwerte sich Rike, doch nippte wieder.

„Zielwasser!", erklärte der Frings und schmunzelte.

***

Eine Stunde später saßen die drei Polizisten in ihrem Großraumbüro und erledigten all die Dinge, die in den letzten Monaten liegen geblieben waren. Spesenberichte, Aktenablage und was es noch alles an langweiligen administrativen Sachen zu tun gab. Faber hatte sich in sein Büro zurückgezogen und die Tür geschlossen. Rikes Telefon klingelte und sie schreckte regelrecht auf.

„Waatstedt, Kriminalermittlungsdienst Emden/Leer", sagte sie, und als Rike die Stimme des Anrufers erkannte, rollte sie die Augen. „Herr Ihmelsen, na, was haben wir denn dieses Mal für ein Problem?", fragte sie, winkte ihre beiden Kollegen zu sich und stellte auf Lautsprecher.

Husman und Steiner feixten bereits, als sie Oskar Ihmelsens Stimme hörten. „Leichen, überall Leichen", rief der Mann aufgebracht. „Das ist ein Massenmord!"

„So, so", erwiderte Rike. Es war nicht das erste Mal, dass Oskar Ihmelsen bei der Kripo anrief. Der Mann war ein neurotischer Vogelschützer, der für das Umweltamt im Naturschutzgebiet Leyhörn arbeitete. Er lebte dort spartanisch in einer kleinen Holzhütte und beobachtete die Population und das Brutverhalten der Seevögel, die im Schilf nisteten. Als er das erste Mal anrief, waren Rike und Friedhelm samt Kriminaltechnik ausgerückt, nur um sich dann tote Möwen und Austernfischer zu betrachten. Aber Ihmelsen konnte es einfach nicht lassen, immer wenn es zu einem vermehrten Vogelsterben kam, rief er bei der Mordkommission an. „Hören Sie, Herr Ihmelsen, wir sind von der Kriminalpolizei und bearbeiten Kriminalfälle, dazu gehören aber nicht tote Vögel, das habe ich Ihnen schon einmal erklärt", redete Rike ruhig auf ihn ein und mittlerweile lachten Steiner und Husman laut.

„Aber das ist Mord, jemand hat meine Vögel umgebracht!", protestierte der Mann unbeeindruckt.

„Tut mir leid. Dafür sind wir nicht zuständig", erwiderte Rike erneut und deutete ihren Kollegen an, nicht so laut zu lachen.

„Aber Mord ist Mord!", schimpfte Ihmelsen und legte auf.

„Leichen, überall Leichen. Das ist Massenmord", äffte Steiner den Mann nach. „He hett nich all binnanner, is vogelig im Kopp!", lachte er und kreiste mit seinem Zeigefinger an seinem eigenen Kopf. Erst konnten sie sich vor Lachen nicht halten, doch plötzlich wirkte Rike nachdenklich. Ein kleines fieses Schmunzeln tauchte auf ihren Lippen auf und ihre Kollegen sahen sie neugierig an. Dann nickte sie in Richtung des Büros ihres Chefs Richard Faber.

„Mord ist Mord!", meinte sie trocken. „Wenn es Leichen in der Leyhörn gibt, sollte unser Kriminalhauptkommissar doch besser mal nachschauen", schlug sie vor und stand auf.

„Rike", warnte Husman. „Wenn du das machst, dann bringt der Chef dich um."

„Das ist es mir wert", erwiderte sie. „So, wie der uns in letzter Zeit mit seiner schlechten Laune quält, hat er eine Lektion verdient." Mit den Worten verließ sie das Großraumbüro und ging zu Faber rüber. Steiner und Husman verdrückten sich an ihre Schreibtische und zogen die Köpfe ein, denn die Nummer war ihnen ein bisschen zu heiß. Rike Waatstedt jedoch war bekannt für ihre Eskapaden und hatte sich selbst bei ihrem alten Vorgesetzten so einige Moralpredigten anhören müssen. Was sie jedoch nie davon abhielt, ihren Sturkopf durchzusetzen.

„Ja was? Kommen Sie rein", hörte Rike ihren Chef brummen, nachdem sie geklopft hatte. Richard Faber saß an seinem Schreibtisch und blickte auf seinen Laptop. Die ruhigen, zähen Wintermonate an der ostfriesischen Küste hatten sich selbst auf sein Äußeres ausgewirkt. Anstatt glatt rasiert zu sein, wie Faber es sonst immer war, trug er jetzt einen Dreitagebart und seine Haare hätten unbedingt mal wieder einen Friseur gebraucht.

„Chef, wir haben eine Meldung über Leichenfunde reinbekommen, im Naturschutzgebiet Leyhörn", berichtete sie so ernst, wie es ihr nur möglich war.

„Haben Sie gesagt Leichen, ich meine den Plural benutzt?", vergewisserte sich Faber plötzlich hellwach und sprang auf. „Nun erzählen Sie schon, Waatstedt."

„Der Anrufer ist ein Naturschützer, der fürs Umweltamt in der Leyhörn arbeitet", erklärte sie schnell und suchte nach den richtigen Worten. „Er war sehr aufgeregt und sprach über mehrere Tote. Mehr weiß ich im Moment auch noch nicht."

Faber griff sich seinen Mantel von der Garderobe und band sich den Schal um. „Dann nichts wie hin. Holen Sie schon Ihre Jacke", ordnete er an und Rike rannte enthusiastisch los. Fünf Minuten später saßen sie in ihrem zivilen Dienstwagen. Faber hatte darauf bestanden, Blaulicht und Sirene einzuschalten, um schneller dort anzukommen. Mittlerweile hatte sie schon ein schlechtes Gewissen, doch die Vorfreude auf sein dusseliges Gesicht, wenn er die Leichen der Vögel sehen würde, überwog einfach.

„Was ist denn heute mit Ihnen los? Sie fahren doch sonst wie ein wild gewordener Handfeger. Jetzt haben Sie endlich mal einen Grund, schneller zu fahren, und schleichen hier rum", moserte Faber sie von der Seite an und Rike trat aufs Gas.

„Ihnen kann man es auch nie recht machen", entgegnete sie beleidigt. „Sonst schreien Sie immer, dass ich uns nicht umbringen soll mit meiner Raserei, und jetzt!"

Faber verzog den Mund. „Jetzt haben wir es eilig!"

Vierzig Minuten später bogen sie endlich von der Greetsieler Straße links ab und hielten auf den Störtebekerkanal zu. Vor der Brücke gab es einen kleinen Parkplatz, doch bei dem eisigen Wind an diesem Februarmorgen war er völlig verwaist.

„Müssen wir jetzt zu Fuß weiter?", fragte Faber entsetzt und nickte auf die geschlossene Schranke vor der Brücke.

„Nee, ick hebb een Slötel", erwiderte Rike, denn die Polizei hatte für die Deichanlagen einen Passepartout. Mittlerweile verstand Faber ihr Platt einigermaßen. Als er am Anfang frisch aus Frankfurt hier angekommen war, fühlte er sich die meiste Zeit wie im Ausland, besonders wenn Rike mit ihrem Großvater Knut sprach. Da Rike Waatstedt nicht nur seine Kollegin war, sondern sie und ihr Großvater auch noch die direkten Nachbarn von Faber, verbrachte er auch in seiner Freizeit viele Stunden mit den beiden. Vor allem, da Knut einen wahren Narren an Richard Faber gefressen hatte.

Rike stieg aus, entriegelte das Schloss und drückte die Schranke hoch. Der Wind riss ihr fast die rote Wollmütze vom Kopf. Sie fuhren durch und dann jagte sie Faber raus, um die Schranke wieder zu schließen.

„Brr", machte er und hielt seine Hände an die Heizungsschlitze. „Ich hätte auch eine Mütze mitnehmen sollen", bemerkte er resigniert.

„Haben Sie nicht?", fragte Rike. „Na, denn man to, die Ohren werden Ihnen abfallen, wenn wir im Boot sind."

„Boot, wieso Boot?", reagierte Faber entsetzt. Er trug nur seine schwarze Jeans, ein Hemd mit Pullover und den Wollmantel. Der Gedanke, sich auf die stürmische See zu wagen, ließ ihn schon jetzt innerlich frieren.

„Na, der Ihmelsen sagte, die Leichen wären im Schilf, dann müssen wir mit seinem Boot raus", versicherte sie ihm.

„Binden Sie sich einfach den Schal über die Ohren", schlug sie vor. „Sieht ja keiner." Dabei schmunzelte sie hämisch.

„Das hätten Sie wohl gerne", hielt Faber dagegen. „Und dann womöglich noch ein Foto mit Ihrem Handy schießen."

„Dat versteiht sück von sülvst", erwiderte sie lachend. „Schick ich dann der Ostfriesen-Zeitung!"

***

Sie kurvten auf dem holprigen Weg, bis das Speicherbecken Leyhörn links zu sehen war. Dann bog Rike auf einen noch kleineren Weg nach rechts und hielt sich anschließend links in Richtung einer Landzunge. Sie überquerten eine Salzwiese, auf der sich Hunderte von Vögeln tummelten. Der eisige Wind schien den Tieren nicht das Geringste auszumachen. Rike hatte das Martinshorn und Blaulicht abgeschaltet, um die Vögel nicht unnötig aufzuschrecken. Zur Landzunge hin wurde die Landschaft grüner, Sträucher und vereinzelte Bäume standen hier, jedoch war das meterhohe Schilf in der Leybucht der wahre Blickfang.

„Warum können wir denn nicht von hier zum Schilf, ist doch gleich dort drüben?", fragte Faber reichlich naiv.

„Sie Landratte", konnte sich Rike wieder mal nicht zurückhalten. „Das ist Schilf, das Wasser dort geht Ihnen bestimmt bis zur Brust, bei den Wassertemperaturen können Sie noch nicht einmal mit einer Wathose da rein. Nee, nee, da müssen wir von der Seeseite ran, mit dem Boot." Endlich tauchte eine kleine Holzhütte auf, aus deren Schornstein Rauch aufstieg, um gleich vom Wind wieder weggerissen zu werden.

„Hier ist ja niemand, ich meine die lokalen Kollegen oder die KTU. Haben Sie die nicht verständigt?"

Rike druckste ein bisschen herum, dann sagte sie: „Na ja, der Mann sprach von vielen Leichen, ich dachte, wir sehen uns das lieber erst einmal selbst an." Sie stellte den Motor ab und in dem Moment kam eine Person aus der Hütte auf sie zu. Der Mann sah ungepflegt aus, trug eine dieser Wathosen mit

Gummistiefeln, darüber einen alten, ziemlich verdreckten Pullover und eine ebenso alberne Bommelmütze wie Rike. Faber zog sich seine Handschuhe an, klappte den Kragen seines Mantels hoch und stieg aus.

„Ach, da sind Sie ja doch! Endlich, wird auch Zeit", meinte der Kerl, der jetzt vor ihnen stand. Trotz des heftigen Windes stachen Faber die Ausdünstungen des Mannes in die Nase. Die letzte Dusche war bei Ihmelsen wohl schon eine ganze Weile her. Sofort ging der Mann in Richtung Meer und Faber und Rike folgten ihm. Als sie endlich in dem kleinen offenen Boot mit Außenbootmotor saßen, hatte Faber bereits das Gefühl, dass ihm gleich die Ohren abfrieren würden.

„Hier, nehmen Sie meine Mütze, ich habe eine am Parka", erbarmte Rike sich und hielt ihm die rote Zipfelmütze hin.

„Ich mache mich zum Idioten", brummte er, aber zog sie dankbar über. Rike lachte laut auf.

„Ich finde, Sie sehen aus wie Nils Holgersson, richtig niedlich", konnte sie sich nicht verkneifen.

Der kauzige Naturschützer sah beide sauer an. „Na, Sie haben ja die Ruhe weg. Da passiert hier ein Mord nach dem anderen und Sie machen Witzchen", maulte sie Ihmelsen laut an.

„Tut uns leid", schrie Faber über den Wind und den Motorlärm hinweg. „Wie viele Tote haben Sie denn gesehen?"

„Die konnte ich schon gar nicht mehr zählen", erwiderte Ihmelsen und bog um den Betonausläufer, an dem das Boot festgemacht war. Die kleine Nussschale, in der sie saßen, schwankte jetzt auf der unruhigen See wie eine Boje. Eigentlich kam Faber Ihmelsens Satz eigenartig vor und er wollte nachfragen. Doch er war mit Schlucken und seinem Magen zu beschäftigt, da er alles andere als seesicher war. Es wurde erst wieder ruhiger, als Ihmelsen mitten in das Schilffeld steuerte. Langsam fuhr er in das Dickicht hinein, dennoch stoben Austernfischer und Löffler verärgert aus ihren Nestern. Dann streckte Ihmelsen plötzlich seine Hand aus. „Da! Sehen Sie!"

Faber musste zweimal hinschauen, bevor sein Gehirn verarbeiten konnte, auf was seine Augen blickten. Auf dem Wasser trieben Dutzende von toten Vögeln. Rike hatte sich beide Hände vor den Mund gepresst, damit sie nicht laut losprustete.

„Sie müssen den Mörder finden, das kann nicht so weitergehen. Täglich finde ich im Moment Leichen, da stimmt was nicht", sagte Ihmelsen und blickte traurig auf seine Vögel.

„Meinen Sie mit Leichen die Kadaver dieser Vögel?", fragte Faber streng.

„Klaar! Wat denn anners?", erwiderte Ihmelsen und sah ihn erstaunt an. „Ach, Sie haben gedacht, ich meine Menschen, tote Menschen?"

In dem Moment entglitten Faber die Gesichtszüge und Rike konnte nicht mehr, sie gackerte los und kriegte dabei fast keine Luft. Faber sah zwischen Ihmelsen und Rike hin und her. „Ja, seid ihr hier denn alle verrückt geworden", schrie er jetzt völlig außer sich. „Am liebsten würde ich euch beide über Bord schmeißen! Jetzt fahren Sie diesen Kutter endlich zurück!"

„Aber", setzte Ihmelsen an.

„Kein Aber! Zurück habe ich gesagt", fluchte Faber weiter in einer Lautstärke, dass Dutzende von Vögeln aufflatterten. Rike hatte sich immer noch nicht eingekriegt und war hochrot im Gesicht vor lauter Lachen. „Und wir beide unterhalten uns gleich ausführlich", drohte er ihr, was noch mehr zu ihrer Erheiterung beitrug. Ihmelsen wendete das Boot und steuerte wieder aus dem Schilf. Kurz bevor sie das offene Wasser erreichten, sah Faber etwas im Augenwinkel. „Stopp", rief er. „Fahren Sie mal da rüber."

Er tuckerte in die Richtung, die Faber gezeigt hatte, und plötzlich stieß Ihmelsen einen panischen Schrei aus und schien aus dem Boot springen zu wollen. Faber erwischte gerade noch seine Schulter und zerrte ihn zurück. Auch Rike war das Lachen im Hals stecken geblieben, denn keine zwei Meter vor ihnen schaukelte ein nackter menschlicher Torso im Wasser.

13

„Jetzt beruhigen Sie sich mal wieder und hören auf zu schreien", wandte sich Faber an Ihmelsen und klopfte dem völlig panischen Vogelschützer aufmunternd auf den Rücken. „Waatstedt, rufen Sie Schorlau an, die KTU soll herfliegen, und fordern Sie das Schiff der Küstenwache aus Emden an. Wir brauchen hier Unterstützung von der Seeseite und Taucher."

„Ja, Chef", quittierte Rike kleinlaut seinen Befehl und kramte ihr Handy aus dem Parka.

***

Sie waren mit dem Boot zurückgefahren und warteten in Ihmelsens Hütte auf Verstärkung. Der Kohleofen bullerte und Faber hatte das Gefühl, endlich wieder aufzutauen. Oskar Ihmelsen hatte sich erst einmal zwei Genever hinter die Binde kippen müssen, um den Anblick des verstümmelten Toten aus dem Kopf zu bekommen. Erst dann hatte er den beiden einen heißen Tee aufgebrüht. Als sie einen Wagen hörten, gingen Faber und Rike nach draußen. Die lokalen Kollegen hatten Dr. Schorlau, den Leiter der KTU Oldenburg, und seine Kollegen vom Störtebekerkanal abgeholt, wo der Helikopter gelandet war. Schorlau trug über seinem weißen Schutzanzug einen dicken weißen Parka und flauschige Ohrenwärmer. Er sah aus, als wolle er zu einer Nordpol-Expedition aufbrechen, und Faber konnte sich ein Schmunzeln nicht verkneifen.

Kaum war Schorlau bei ihnen angekommen, wollte Faber schon eine bissige Bemerkung machen, denn die beiden waren nicht nur Freunde, sondern ließen auch keine Gelegenheit aus, sich einen Schlagabtausch zu liefern. „Wie siehst du denn aus?", kam ihm Schorlau zuvor und schüttelte sich regelrecht vor Lachen. „Wo hast du denn deinen kleinen Hamster, Nils?", fragte er. Da fiel Faber ein, dass er immer noch die lächerliche rote Zipfelmütze von Waatstedt auf dem Kopf hatte, und riss sie mit einer Bewegung herunter.

„Du hast es nötig, willst du Eisbären schießen?", parierte Faber und nickte auf Schorlaus Outfit.

„Nur kein Neid, das ist die offizielle Winterausrüstung der KTU inklusive Ohrenwärmer. Habe ich persönlich initiiert", erwiderte der Pathologe stolz und dann sah Faber die beiden anderen Forensiker, die genauso dämlich gekleidet waren. Einer von ihnen zuckte mit den Schultern und schien auch nicht begeistert von seiner Verkleidung zu sein.

„Kommt, das Schiff der Küstenwache Emden ist bereits da und sie haben zwei Taucher dabei. Ich fahre mit Waatstedt in Ihmelsens Boot mit, denn wir kommen nur mit einem kleinen Boot in das Schilf", erklärte der Hauptkommissar, während sie zu dem Betonanleger gingen. Rike steuerte das kleine Boot, als hätte sie in ihrem Leben nie etwas anderes gemacht. Rikes Anwesenheit verdankten sie auch, dass Schorlau in der kleinen Nussschale mit ihnen fuhr, statt das bequeme Schiff der Küstenwache zu benutzen. Schorlau hatte definitiv ein Auge auf die Kommissarin geworfen, was Faber immer mehr mit argwöhnischen Blicken betrachtete.

Am Schilf angekommen, sprangen die beiden Taucher in ihren Trockentauchanzügen vom Schiff der Küstenwache ins Wasser und hängten sich an das kleine Boot, um tiefer ins Schilf gezogen zu werden. Faber zeigte ihnen die genaue Stelle und sie begannen gleich mit der Bergung des Torsos. „So etwas hatten wir schon lang nicht mehr", kommentierte Schorlau, als die Taucher die Leiche an Ihmelsens Boot vorbeischleppten, um es zum Schiff der Küstenwache zu bringen.

„Ja, da wollte jemand, dass der Tote nicht identifiziert werden kann", erwiderte Faber, aber dann runzelte er die Stirn und fragte: „Oder kann er schon so lange im Wasser gelegen haben, dass die Extremitäten abgefallen sind?"

„Nein, der Torso sieht auf den ersten Blick nicht so aus. Noch keine Adipocire, Leichenwachsbildung", erklärte Schorlau. „Sieht eher nach absichtlicher Abtrennung aus. Identifizieren sollte schwierig werden, speziell ohne den Kopf und die Hände", murmelte er dann.

„Mafia?", fragte Rike und blickte Faber an.

„Kann hinhauen, ist leider ein Modus Operandi des organisierten Verbrechens", beantwortete er ihre Frage. „Aber was wollen die in Ostfriesland und vor allem, warum die Leiche hier in der Leyhörn ablegen, das ist ein nicht gerade professionelles Verhalten von Auftragskillern." In dem Moment kamen die beiden Taucher wieder. „Tauchen Sie das Gebiet ab", wies Faber sie an. „Vielleicht finden Sie noch etwas." Die beiden Taucher bestätigten mit dem Okay-Zeichen und wollten gerade abtauchen.

„Gut wäre es, wenn Sie einen Kopf finden, aber eine Hand tut es auch", fügte Schorlau in seinem typischen schwarzen Humor an, bevor die beiden unter der Wasseroberfläche verschwanden.

„Ich glaube nicht, dass man den Körper hier ins Wasser geworfen hat. Viel wahrscheinlicher ist, dass er bei dem Sturm in den letzten Tagen angetrieben wurde", warf Rike ein und Schorlau nickte.

„Ihr solltet euch mit der WSV, der Wasserstraßen- und Schifffahrtsverwaltung des Bundes, in Verbindung setzen, sobald ich den ungefähren Todeszeitpunkt eingegrenzt habe", schlug Schorlau vor, als Rike langsam wieder aus dem Schilf tuckerte.

„Genau", stimmte sie ihm zu. „Die machen nicht nur regelmäßige Seevermessungen, die kennen auch genau die Strömungen der Nordsee."

Nachdem der Helikopter die Leiche vom Schiff der Küstenwache aufgenommen hatte, verabschiedete sich Schorlau recht schnell. Er versprach, noch heute die Obduktion vorzunehmen. Bevor Schorlau jedoch in den Streifenwagen steigen konnte, der ihn wieder zum Landeplatz des Hubschraubers bringen sollte, kam Oskar Ihmelsen mit einem Stoffbeutel angerannt.

„Herr Doktor, Herr Doktor", rief er Schorlau nach und der öffnete die Tür noch einmal. „Die müssen Sie auch mitnehmen, wir müssen doch feststellen, wer und was die hier umgebracht hat", sagte Ihmelsen und drückte dem verdutzten Schorlau den Jutebeutel in die Hand. Schorlau sah hinein, und als er drei tote Seevögel darin entdeckte, blickte er fragend auf Faber. Der zwinkerte ihm zu und machte eine Bewegung mit dem Kopf, die so viel heißen sollte wie ‚Nimm sie mit und entsorg sie im Institut'.

Nach einigen Stunden hatten die lokalen Polizisten den Küstenstreifen so gut wie möglich abgesucht, doch bis auf ein leeres Päckchen Zigaretten und einige angewehte Plastikbeutel nichts gefunden. Auch bei den Tauchern gab es nur Fehlanzeigen, denn der alte Zinneimer, den sie aus dem Schilfwasser geholt hatten, war mit größter Wahrscheinlichkeit schon eine Ewigkeit dort gewesen. Es war bereits zwei Uhr am Nachmittag, als Faber und Waatstedt sich endlich auf den Rückweg machten.

„Eins kann ich Ihnen sagen", meinte Faber, als er die Schranke hinter der Brücke wieder geschlossen hatte und auf den Beifahrersitz gekrabbelt war. „Sie können von Glück reden, dass wir wirklich einen Toten gefunden haben, sonst hätte ich Sie durch den Wolf gedreht für diese Aktion."

„Verdient haben Sie es", wandte Rike ruhig ein. „Sie haben uns alle im Revier malträtiert, und das aus Langweile, da hätte Ihnen ein Schuss vor den Bug nur gutgetan." Faber wusste manchmal nicht, woher seine Mitarbeiterin den Mut nahm, so mit ihm zu sprechen. Doch innerlich grinste er über ihre Frechheiten, auch wenn er ein wenig verärgert war.

„Woher wussten Sie eigentlich, dass dieser Ihmelsen von Vögeln redete, hat er Ihnen das am Telefon gesagt?", hakte Faber nach, während Rike wieder auf die Greetsieler Straße abbog.

„Nein, musste er gar nicht, auf den sind Friedhelm und ich schon mal reingefallen, nur dass ich damals gleich die KTU und auch die Küstenwache verständigte. Sie können sich ja vorstellen, was da los war. Über ein Jahr musste ich mir Schorlaus Ketzereien anhören, wenn ich dann mal wieder die KTU anforderte", erklärte Rike. „Eigentlich wollte ich nur Ihr dummes Gesicht sehen am sogenannten Tatort, und dumm gekuckt haben Sie wirklich, Faber."

Er schüttelte nur den Kopf. „Sie sind ein solcher Kindskopf. War ich wirklich so schlimm in letzter Zeit?", fragte er dennoch. Rike nickte lange und ausführlich. Ihr kurzes rotes Haar wippte dabei lustig. „Es ist schon fast halb drei und ich sterbe vor Hunger", wechselte Faber das Thema plötzlich.

„Da haben wir aber schlechte Karten", meinte Rike, sie wusste, dass Faber seinen Ärger immer mit Essen bekämpfen musste, auch wenn man das seiner Figur nicht ansah. „Es ist keine Saison, da werden wir hier kaum etwas finden, was offen hat." Sie hatte den Blinker schon gesetzt, um An den Darren einzubiegen, doch überlegte es sich anders und fuhr geradeaus, auf dem direkten Weg nach Hause. „Aber ich kenne eine Adresse, bei der wir bestimmt was zu essen bekommen. Bei Opa!" Dagegen hatte Faber nichts einzuwenden, denn Rikes Großvater Knut kochte hervorragend.

„Gut, das nehme ich als Entschädigung für Ihren unverschämten Streich an", bestimmte er kategorisch.

Knut saß in seinem Lieblingssessel, die Beine auf dem Fußschemel, und schnarchte leise vor sich hin, als die beiden ankamen. „Lassen Sie ihn schlafen, kommen Sie, ich mache drüben bei mir ein paar Spiegeleier", flüsterte Faber, um Opa nicht zu wecken.

„Bin waach, brauchst nicht flüstern", kam es sofort von Knut, der sich aufrichtete und seine Kapitänsmütze gerade rückte. Das alte Ding schleppte er Sommer wie Winter auf dem Kopf herum und Faber war sich nicht sicher, ob er die im Bett auch trug. „Habt ihr Smacht?", fragte er und Rike erklärte Faber schnell, dass es Hunger bedeutete. Beide nickten. „Na, da habt ihr Glück, ick hab een Riesbree mit Sinbohntjes up Bedd", sagte Knut und stieg hoch in den ersten Stock.

18

„Er hat was im Bett?", fragte Faber, während Rike zwei tiefe Teller holte.

„Einen Reisbrei mit Rosinen", erklärte sie dann und schmolz in einer kleinen Pfanne Butter.

„Im Bett?", forschte Faber ungläubig nach und setzte sich an den Tisch. Der Kachelofen strahlte eine gemütliche Wärme aus, während der Wind ums Haus heulte.

„Na klaar", sagte Knut, der jetzt mit einem großen Topf in der Hand in die Küche kam. „Den habe ich heute Morgen gekocht und dann ab ins Bett, damit der so richtig lecker wird."

„Ihr Ostfriesen seid ein lustiges kleines Völkchen", meinte Faber trocken, während Knut ihm den Teller vollschaufelte. Dann holte Knut aus und gab Faber einen Klaps auf den Hinterkopf.

„Werd man nich frech, mien Jung", sagte Opa und setzte sich zu ihnen. Rike schüttete etwas geschmolzene Butter auf ihre beiden Teller und Zucker und Zimt darüber. Während die beiden heißhungrig über die warme Mahlzeit herfielen, beobachtete Knut sie zufrieden.

„Sehr lecker, Knut", sagte Faber begeistert. Er war Vegetarier, und nachdem er bei Knuts erster Einladung höflich, aber mit Verachtung die Frikadellen gegessen hatte, kochte Knut in letzter Zeit immer öfter etwas ohne Fleisch. Meistens, wenn Rike und Faber spät vom Dienst nach Hause kamen, rief er Faber einfach mit rein und stellte ihm eine Mahlzeit hin. Zwar war Faber selbst ein guter Koch, doch die Abendessen mit Rike und Opa Knut waren so gemütlich, dass es sich für den Einzelgänger Faber anfühlte, als hätte er eine richtige Familie. Damit lag er auch nicht so sehr daneben, denn Opa Knut hatte Faber im Herzen schon am ersten Tag adoptiert. Was Faber jedoch nicht wusste, war, dass Knut ihn nur zu gerne mit seiner Enkelin Rike verkuppeln wollte.

„Ihr seid ja richtig durchgefroren, was habt ihr denn hier draußen getrieben?", fragte Knut und stopfte seine Pfeife.

„Ein Toter in der Leyhörn", erwiderte Rike mit vollem Mund und Faber wischte sich mal wieder über seine Wange, da er etwas von ihrem Milchreis abbekommen hatte.

„Waatstedt, erst essen, dann reden", brummte er und Rike bekam rote Wangen. Das passierte ihr immer wieder, aber Gott sei Dank hatte ihr Chef sich damit schon einigermaßen arrangiert. Dann begann Rike zu erzählen, auch das war etwas, woran sich Faber am Anfang hatte gewöhnen müssen. Sie erzählte Opa Knut einfach alles. Doch es hatte sich bei ihrem ersten gemeinsamen Fall herausgestellt, dass Opa Knut ein wahres Genie war, wenn es um Verbrechen ging. Nicht nur einmal hatte er mit seinen brillanten Ideen die beiden weitergebracht.

„Eine echte Leiche oder hat der vogelige Ihmelsen euch nur seine toten Möwen gezeigt?", fragte Knut. „Dat is ja een verdreihten Keerl."

„Eigentlich wollte er uns nur seine toten Vögel zeigen, doch dann sind wir durch Zufall über den Toten gestolpert oder besser gesagt geschippert", meinte Faber, dann sah er Knut nachdenklich an. „Du kennst den Ihmelsen doch, kann der etwas mit dem Toten zu tun haben?"

„Bist du töffelig? Nee, nee, der Ihmelsen ist ein bisschen schräg, doch ganz harmlos. Der liebt seine Vögel und geht den Menschen aus dem Weg."

„Da gehört auch ein anderes Kaliber dazu, jemanden zu töten und dann zu verstümmeln", kommentierte Rike und schob ihren leeren Teller von sich. „Ich denke, wir sollten in Richtung Mafia ermitteln, durch das Skagerrak kommen täglich genug Schiffe aus Russland, Litauen und Estland nach Emden, ich vermute, nicht wenige arbeiten für die Mafia."

Faber aß den letzten Rest, leckte seinen Löffel ab und zeigte dann damit auf Rike. „Vielleicht hat Schorlau recht und die haben die Leiche auf der Fahrt über Bord geschmissen und sie ist dann bis in die Leyhörn geschwemmt worden."

„Du bist mir so'n Matroos", meinte Knut und paffte an seiner Pfeife. „Wenn ein Schiff durchs Skagerrak in die Nordsee kommt und jemand wird über Bord geschmissen, dann zieht ihn die Strömung nicht an unsere Küste. Der Jütland-Strom und auch der Hauptstrom der südlichen Nordsee würden den wieder zurück ins Skagerrak ziehen. Darum werden so einige Wasserleichen auch immer wieder im Norden von Dänemark gefunden. Nee, mien Jung, über Bord geschmissen wurde der dort nicht, es sei denn, bei dem Sturm gab es eine ganz aasige Oberflächenströmung."

„Hm", machte Faber und sah auf die Uhr. „Es ist schon nach drei, vielleicht sollten wir es mal bei Schorlau versuchen", schlug er vor und nahm sein Handy. Doch dann sah er Knut fragend an.

„Ruf nur an, stört mich nicht. Wollt ihr noch einen Kaffee?", fragte er. Beide nickten und Faber wählte Schorlaus Nummer, stellte gleich auf Lautsprecher.

„Du glaubst wohl, ich bekomme Akkordlohn beim Sezieren", grummelte Schorlau, ohne sich erst groß zu melden.

„Verdient hätten Sie es", sagte Rike zuckersüß, denn sie wusste, wie man den manchmal griesgrämigen Schorlau um den Finger wickeln konnte.

„Na ja, wenn Sie das sagen, Frau Waatstedt. Es ist wieder einmal gut, dass ihr beiden mit einem Genie wie mir arbeitet", hielt Schorlau erst einmal eine Lobeshymne auf sich selbst.

„Würdest du uns auch etwas berichten, du Genie?", fuhr ihn Faber an.

„Die männliche Leiche war etwa fünf Tage im Wasser, ich schätze den Mann auf zweiundzwanzig, dreiundzwanzig Jahre, viel genauer kann ich das nicht sagen", kam Schorlau endlich zum Thema. „Er hatte keinerlei Verletzungen am Torso, die auf die Todesursache hinweisen. Die Entfernung der Extremitäten fand post mortem statt. Die toxikologische Untersuchung ist noch nicht vollständig, darum nehme ich unter Vorbehalt an, es handelt sich um ein Schädeltrauma. Ein Kopfschuss oder er wurde erschlagen oder die Kehle durchtrennt, das könnt ihr euch aussuchen."

„Kann er auch ertrunken sein?", bohrte Rike nach.

„Das ist eine gute Frage", sagte Philipp Schorlau charmant. „Nein, seine Lungen sind zwar voller Wasser, doch nicht so tief, dass er es eingeatmet hätte. Mit dem Wasser kam er erst nach seinem Tod in Berührung."

„Philipp, hast du besondere Merkmale am Torso gefunden?", fragte Faber hoffnungsvoll, damit ihnen die Identifizierung später leichter viel.

„Eine alte Blinddarmoperation und einen recht großen Leberfleck am Rücken. Keine Tattoos, die auf das organisierte Verbrechen hinweisen würden", erwiderte Schorlau. „Ach ja, bevor ich es vergesse, ich glaube kaum, dass es sich bei dem Mann um einen Osteuropäer handelt."

„Warum?"

„Bei der Blinddarm-OP handelt es sich um eine Laparoskopie, endoskopischer Eingriff. Diese OP gibt es erstens noch nicht so lange und zweitens gehe ich nicht davon aus, dass vor fünfzehn bis zwanzig Jahren so etwas in Russland oder Litauen Standard war. Die OP wurde irgendwo in einem modernen Hospital durchgeführt, ich tippe darauf, es war in Deutschland."

***

Nachdem sie ihren Kaffee getrunken hatten, gab Rike ihrem Opa zum Dank einen liebevollen Kuss auf die Wange. Anschließend fuhren die beiden zurück nach Emden. Steiner und Husman sahen KHK Faber prüfend an, als er mit Rike ins Büro kam, um einzuschätzen, ob der Chef angefressen war. Daher waren sie umso erstaunter, als Faber die beiden bester Laune bat, sich aktuelle Vermisstenanzeigen anzusehen, um nach dem jungen Mann zu suchen. Er und Rike riefen sofort beim Wasser- und Schifffahrtsamt in Emden an und man sagte ihnen, dass sie besser persönlich vorbeikommen sollten, um die Fragen abzuklären. Das WSA lag nur etwa sechs Autominuten vom Revier entfernt und so machten sie sich gleich auf den Weg. Das braune Klinkergebäude war recht groß und lag direkt auf der anderen Seite des Alten Binnenhafens, seitlich zum Neuen Delft ausgerichtet. Am Dock vor dem Amt lagen die Forschungsschiffe, die momentan nicht im Einsatz waren.

„Was? Ein angeschwemmter Toter in der Leyhörn?", vergewisserte sich der Ingenieur, an den man sie verwiesen hatte, noch einmal. „Und Sie wollen wissen, wo er über Bord gegangen sein kann?" Der Diplomingenieur war noch recht jung, doch erinnerte Faber in seiner ganzen Art an Schorlau. Er war ungemein selbstbewusst und mit einem Touch von Arroganz blickte er die beiden Polizisten vor sich an. Faber hoffte nur, dass er auch so brillant war wie Philipp Schorlau.

„Kann man das überhaupt?", fragte Rike. „Ich meine, die übliche Strömung würde doch nichts von der offenen See an unsere ostfriesische Küste spülen, oder?"

„Im Prinzip richtig, doch das ist tide- und wetterabhängig", sagte er und stand auf. „Kommen Sie mal mit", forderte er sie auf und ging mit ihnen in eine Art Labor, in dem große Bildschirme standen, die verschiedenste Kurven anzeigten und sich in ständiger Veränderung befanden. „Unser Forschungsschiff, die Friesland, ist für die Gewässerkunde zuständig, dazu gehören natürlich Wasserstands-, aber auch Strömungsmessungen, besonders bei den Inseln. Wir machen auch Sedimentuntersuchungen und natürlich die Sturmflut- und Hochwassermeldungen. Es gibt zwei Arten der Strömungsmessungen", fuhr er fort. „Die Verwendung von Ultraschall-Doppler-Geräten als stationäres Messgerät oder die Messungen direkt von der Friesland. So haben wir Modelle der Strömungen im Computer erzeugt. Ich kann Ihnen also genau sagen, wo ein Gegenstand nach zwölf Stunden sein wird, wenn man ihn zum Beispiel vor Borkum über Bord wirft", referierte Herr Wittsund.

„Nur wir brauchen das leider umgekehrt", meinte Faber enttäuscht.

„Im Zeitalter von hochtechnischen Computern geht das auch umgekehrt. Sagen Sie mir, wann Ihr Toter angeschwemmt wurde und wo, und ich kann in Zwölf-Stunden-Schritten die Drift verfolgen."

„Wir nehmen an, dass der Tote irgendwann letzte Nacht angeschwemmt wurde, sonst hätte der Vogelbeobachter ihn schon früher entdeckt", holte Rike aus. „Unser Pathologe ist sich ziemlich sicher, dass er fünf Tage im Wasser war."

„Die Leybucht", fügte Faber an. „Das ist der Fundort."

Wittsund rief auf einem der Computer eine Karte auf und zoomte das Naturschutzgebiet Leyhörn heran. Faber zeigte auf die ungefähre Stelle, wo sie heute Morgen mit dem Boot waren. „Hm, das macht es etwas schwieriger, doch nicht unmöglich", sagte der Ingenieur. „Sehen Sie, das Sammelbecken Leyhörn ist ein künstlich angelegtes Reservoir, durch die Schleuse wird die Strömung verändert, es bildet sich ein Strömungsbruch."

„Sie meinen, die Strömung läuft rechts und links aus", sagte Faber, der das vom Tauchen kannte, und Wittsund nickte.

„Genau, und dann haben wir dort noch diese kleine Landzunge", er zeigte auf die Stelle, wo Ihmelsen sein Boot vertäut hatte. „Gut, dann lassen Sie mich mal diese kleinen Anomalien berücksichtigen." Sofort tippte der Mann etwas in den Computer, gab die Fundstelle mit den entsprechenden Koordinaten an und machte weitere Einträge, bei denen Faber ihm nicht mehr folgen konnte. „Heute ist Donnerstag, der erste Februar 2018, dann wäre der Körper wahrscheinlich Samstag, den siebenundzwanzigsten Januar, ins Wasser gekommen. Wir hatten durch den Sturm eine wirklich abnorme Oberflächenströmung, die Richtung Küste trieb", sagte Wittsund wie zu sich selbst. „Na, dann schauen wir mal."

Der Computer baute eine Karte der Nordsee auf, die sowohl die Küste mit Leyhörn zeigte als auch die gegenüberliegenden Inseln und auf der rechten Seite das Gebiet bis hoch nach Westerland. Dann erschienen kleine rote Punkte, die eine gestrichelte Linie vom Fundort bis zu einer Stelle in der Nordsee, die in der Nähe von Helgoland lag, zeigten. Darauf tippte Wittsund jetzt. „Na, das ist ein Ding", sagte er und Faber und Rike sahen ihn fragend an. „Ihr Toter wurde irgendwo bei Helgoland über Bord geworfen und ist zwischen den friesischen Inseln durchgetrieben, bis er dann im Naturschutzgebiet Leyhörn angeschwemmt wurde. Bei normaler Strömung wäre das nie passiert. Nur aufgrund des Sturms und der Windgeschwindigkeiten an der Oberfläche konnte das passieren. Bei normalem Wetter hätte es die Leiche in das Skagerrak und weiter hoch mit dem norwegischen Küstenstrom getrieben. Wahrscheinlich wäre ihr Toter dann nie gefunden worden."

„Das ist ein fantastisches Programm", konnte Faber seine Begeisterung nicht bremsen. „Könnten Sie mir einen Ausdruck von der Karte machen?"

„Natürlich, doch bedenken Sie, diese Art Drift funktioniert nur, wenn der Körper sich nicht irgendwo verfangen hat und irgendwann wieder losgerissen wurde", gab der Mann zu bedenken.

„Danke", sagte Rike. „Sie haben uns enorm geholfen."

„Keine Ursache. Rufen Sie mich an, wenn Sie noch Fragen haben. Falls Sie beide einmal nicht Verbrechern hinterherjagen, dann melden Sie sich, ich kann eine kleine Tour auf der Friesland für Sie organisieren, dann sehen Sie selbst, wie wir die Messungen durchführen", sagte der junge Ingenieur, der beiden mit jeder Minute sympathischer geworden war, und gab ihnen seine Visitenkarte.

Kapitel 2

Es war bereits sechs Uhr am Abend, als sie das WSA verließen, und Faber beschloss, es für heute gut sein zu lassen. Er rief noch kurz bei Friedhelm Steiner an, um nachzufragen, ob die beiden etwas in der Vermisstendatei gefunden hatten, doch wurde enttäuscht. Noch hatten sie den toten Mann dort nicht identifizieren können.

Er saß später am Abend in seinem Wohnzimmer auf der Couch und brütete über dem Ausdruck, den Wittsund ihnen mitgegeben hatte. Im Hintergrund lief das Album Rumours von Fleetwood und er summte den Titel Chain mit, als es an der Terrassentür klopfte. Rike Waatstedt stand davor und rieb sich die Arme, weil sie keine Jacke anhatte. „Sind Sie verrückt geworden?", sagte Faber und zog sie in das warme Wohnzimmer. „Sie holen sich den Tod, wenn Sie so rausgehen."

„Meine Güte, Faber, Sie hören sich schon an wie Opa, ich bin doch nur schnell durch den Garten zu Ihnen rüber", erwiderte sie. Er sah sie an und schüttelte den Kopf. Sie hatte lediglich ein T-Shirt und ihre Jeans an, obwohl es draußen Minusgrade waren. Ihr kirschrotes kurzes Haar stand wieder mal wild in alle Richtungen ab. Trotz ihrer rotgefrorenen Stupsnase sieht sie zum Anbeißen aus, dachte Faber und ärgerte sich sofort über diesen Gedanken. „Was wollen Sie denn?", meinte er deshalb etwas zu barsch. „Entschuldigung, ich meinte, setzen Sie sich doch, möchten Sie ein Glas Wein?", riss er sich dann zusammen.

„Gerne, wenn ich nicht störe", bemerkte sie und streifte die nassen Hausschuhe von den Füßen. Faber kam mit einem Glas Weißwein aus der Küche und reichte es ihr, dann sah er auf ihre Füße, ging kurz in den ersten Stock, und als er wieder runterkam, gab er ihr ein paar dicke Wollsocken. Sie sah sich um, während sie die viel zu großen Socken anzog. Es war hier richtig gemütlich geworden, sie hatte das vorher noch nie so wahrgenommen. Doch besonders jetzt, als der Wind um das

Haus heulte und bei der molligen Wärme in dem Wohnzimmer, fand sie es richtig schön. „Sie haben Geschmack, Faber. Sieht toll aus und Ihre Schallplattensammlung ist unglaublich!", sagte sie begeistert und kuschelte sich in die Ecke des gelben Ledersofas.

„Sie stehen auf Schallplatten? Eigentlich meinen die meisten Frauen, dass so etwas nur etwas für Dinosaurier ist", wunderte er sich und nahm neben Rike Platz. Dabei dachte er an seine Ex-Freundin, die immer wieder ein Riesentheater gemacht hatte, wenn er für seine Musik richtig Geld ausgegeben hatte. Er seufzte und verdrängte den Gedanken an Bea.

„Schallplatten finde ich total cool, erinnern mich an meine wilden Jahre", plauderte Rike und nippte an ihrem Weinglas. „Und jetzt zu Ihrer Frage, was ich hier will", kam sie auf seinen Kommentar zurück und Faber merkte, dass er peinlich berührt etwas rot wurde. „Opa besteht darauf, sich eine alte Folge des Ohnsorg-Theaters im Fernsehen anzusehen. Da musste ich einfach Reißaus nehmen. Für meine Ducati ist es zu kalt und da blieb mir nur eine Möglichkeit, nämlich den Nachbarn zu nerven." Dabei verzog Rike ihren Mund so schelmisch, dass Faber lachen musste.

„Okay, immerhin bin ich besser als das Ohnsorg-Theater, das ist doch schon mal was", meinte er und stand auf. „Was wollen Sie hören?"

„Haben Sie von Peter Frampton Show me the way?", fragte Rike sofort und musste an ihre Teenagerjahre und die Dorfdiscos mit ihren Oldie-Abenden denken.

„Heiße ich Richard Faber?", erwiderte er lächelnd, dann griff er eine LP und setzte den Tonkopf beim dritten Lied auf. Sofort hörte man den Vocoder, mit dem das Lied begann. „Ein schöner Song", bestätigte er und setzte sich wieder zu ihr. Sie hörten schweigend zu, bis das nächste Lied anfing.

„Worüber grübeln Sie nach?", fragte Rike dann und sah interessiert auf die Wasserkarte auf dem Couchtisch.

„Helgoland, warum Helgoland?", antwortete er, atmete laut aus und trank von seinem Wein. „Wenn wir bei unserer Theorie bleiben, dass die Mafia involviert ist, also ein Schiff aus Russland oder Litauen, das durch das Skagerrak gekommen ist, was wollten die auf der Höhe von Helgoland? Das liegt völlig außerhalb der Schiffsrouten. Außerdem wäre es sicherer gewesen, den Toten gleich nach dem Skagerrak ins Wasser zu werfen. Dann hätte jegliche Oberflächenströmung nichts daran ändern können, dass der Körper hoch nach Jütland gezogen wird."

„Es muss sich ja nicht um ein Containerschiff aus dem Osten handeln, vielleicht wurde der Tote auch mit einer kleineren Yacht dort hingebracht", schlug Rike halbherzig vor. Doch dann sah sie ihn an und meinte: „Müssen Sie denn immer an Arbeit denken?"

„Nein, doch wenn ich mit Ihnen zusammen bin, Frau Kollegin, wäre alles andere unangebracht", murmelte er.

„Ich dachte, wir wären langsam so etwas wie Freunde?", vergewisserte sie sich vorsichtig und dachte an den wunderbaren Tag, den sie letzten Sommer auf Norderney verbracht hatten, nachdem sie ihren ersten gemeinsamen Mordfall gelöst hatten.

„Ach, und so etwas wie heute Morgen, das macht man mit Freunden? Mir Vogelleichen unterschieben", konterte er.

„Ja, besonders mit einem Freund, wenn der sich wie ein Dööskopp benimmt. Auf dem Schießstand waren Sie nicht zu ertragen", erklärte sie und trank einen großen Schluck aus ihrem Glas.

„Waatstedt", seufzte er. „Sie, Steiner und Husman schießen, als hätten Sie es auf dem Jahrmarkt gelernt. Was glauben Sie denn, was passiert, wenn Sie wirklich mal in eine gefährliche Situation geraten? Zum Beispiel mit der Mafia?" Faber war mal wieder richtig scharf geworden.

„Gott, jetzt fängt der wieder an! Keiner von uns hat jemals seine Waffe gebrauchen müssen. Und wenn es Ihnen wirklich um unsere Sicherheit geht, dann bringen Sie uns das Schießen bei, aber doch nicht so", gab sie reichlich pampig zurück. „Mit Gefühl und Freundlichkeit erreicht man viel mehr!"

Faber sah sie nachdenklich an und wusste, dass seine Kollegin recht hatte. Er war nicht immer so gewesen in seinem Leben, doch man hatte ihm in Frankfurt menschlich schlimm mitgespielt. Es war eine seiner Lektionen daraus, sich durch Gefühlskälte nicht mehr zu stark auf Menschen einzulassen. Doch Rike Waatstedt und Opa Knut schafften es immer wieder, ihn aus der Reserve zu locken. „Na gut, morgen versuchen wir es mit Gefühl auf dem Schießstand, denn ich möchte wirklich, dass Sie alle vernünftig mit Ihren Waffen umgehen können", gab er klein bei. Rike hob ihr Glas und stieß mit ihm an.

„Habe ich Ihnen schon mal gesagt, dass Sie ein richtig lieber Kerl sein können, wenn Sie nur wollen?"

„Ich glaube, so etwas schon einmal aus Ihrem Mund gehört zu haben. Sie Nervensäge!", entgegnete er, aber zeigte ein entwaffnendes Lächeln.

„Eigentlich wäre es langsam Zeit, dass wir uns duzen, was meinst du, Chef?", kam ihre nächste Attacke. Faber sah sie etwas verzweifelt an.

„Ich weiß nicht", brachte er nur raus, denn sie fiel ihm sofort ins Wort.

„Wie wäre es mit dem Du und Faber, ich muss dich ja nicht Richard nennen, wenn dir das zu persönlich ist. Aber bitte bleibe bei Rike, okay?"

„Habe ich denn eine Wahl?", fragte er und wusste bereits, dass sie wieder einmal ihren Kopf durchsetzen würde. „Du duzt mich doch bereits." Wieder schüttelte Faber den Kopf, doch stieß mit ihr an. „Also Rike, auf dein Wohl."

Sie grinste ihn an und sah dabei aus, als hätte sie die Schlacht von Trafalgar gewonnen.

***

Als sie sich alle gemeinsam wieder um halb acht auf dem kalten Schießstand trafen, meinte Steiner verschlafen: „Chef, ich habe gestern noch alles umgewälzt, was unseren Toten angeht. Da passt nichts, nicht ein einziger Mann in dem Alter wird vermisst." Dabei rieb er sich die Hände, denn es hatte heute Morgen heftigen Frost gegeben.

„Kann man nichts machen, wir versuchen es bei Europol, vielleicht haben die was", sagte Faber, dann sah er die drei an. „Also, mir wurde gesagt, ich wäre ein stümperhafter Lehrer", dabei blickte er vielsagend auf Rike. „Fangen wir heute mal ruhiger an und vor allem machen wir nicht so lang, denn es ist hier wirklich teuflisch kalt. Gut, stellen Sie sich mal in Schießposition, ohne Ihre Waffen", forderte er seine Kollegen auf. Dann ging er hinter sie und verbesserte die Fuß- und auch die Handhaltung. Dabei sprach er ruhig und sanft. Als alle eine einigermaßen sichere Position hatten, bat er sie zu schießen. Das Ergebnis konnte sich sehen lassen, denn plötzlich trafen alle wenigstens die Pappscheibe, wenn auch noch nicht besonders gut.

Danach gingen sie zurück Richtung Revier und zu aller Überraschung lud Faber sie zu einem Frühstück in der Bäckerei Musswessels im Bahnhof ein. Gegen halb neun kamen sie gut gelaunt im Revier an. Als Faber gerade in sein Büro wollte, fand er dort Doktor Schorlau. Der saß mit seinen Füßen auf dem Schreibtisch in seinem Sessel.

„Was machst du denn hier?", fragte Faber verwundert und auch Rike steckte ihren Kopf zur Tür rein. Sofort zog Schorlau die Füße runter.

„Liebe Frau Waatstedt, wie schön, kommen Sie auch rein, denn das geht Sie ebenfalls etwas an", meinte er. Faber stellte sich vor seinen Schreibtisch und verschränkte die Arme.

„Was willst du hier, Philipp?", erkundigte sich Faber erneut.

„Heute findet in Emden ein Medizinkongress statt. Habe ich das gestern nicht erwähnt? Darum bin ich hier, ich dachte, ihr freut euch, mich zu sehen", erwiderte er. „Ach Faber, ich habe kein Hotel gebucht, ich ging davon aus, du lädst mich zu dir ein!"

Faber riss die Augen auf. „Wie, was?", stotterte er.

„Na, ich werde bei dir übernachten, wir müssen doch dem Land Niedersachsen Kosten ersparen, außerdem hasse ich diese Mittelklassehotels in der Provinz. Da ist dein Weinkeller doch ein ganz anderes Kaliber", flötete Schorlau fröhlich.

„Schorlau, es gibt sogar ein Parkhotel in Emden", versuchte Faber es im Guten.

„Na und, das ist ja wohl nicht das Hilton. Kein Schnack, ich penne bei dir", sagte er bestimmt und nickte auf seine Reisetasche, die bereits in Fabers Büro stand. Faber seufzte und nickte dann geschlagen. „Ich habe für euch noch eine andere Überraschung!"

„Du hast beschlossen, eine Villa in Klein Hauen zu kaufen, um ganz nah bei mir zu wohnen", lästerte Faber.

„Gar keine schlechte Idee, dann hätte ich immer das Vergnügen, in Frau Waatstedts Nähe zu sein", ließ sich Schorlau nicht aus dem Konzept bringen und Rike schüttelte automatisch den Kopf. „Nein, also ich habe momentan einen sehr begabten Medizin- und Biologiestudenten, der ein Praktikum bei der KTU Oldenburg macht."

„Wie schön für dich!"

„Jetzt halt mal den Mund, Faber", stoppte ihn Schorlau. „Das ist vielleicht wichtig für euch. Also, dem Jungen habe ich die toten Vögel von diesem eigenartigen Kauz aus der Leyhörn gegeben und ihn gebeten, die Viecher zu kremieren. Doch mein neuer Assistent ist ein absoluter Vogelliebhaber und hat sich die Tiere angesehen", machte Schorlau es wieder einmal spannend. Nach einer theatralischen Pause sagte er: „Anscheinend sind die Tiere aufgrund einer Schwermetallvergiftung gestorben."

„Schwermetallvergiftung?", erkundigte sich Rike und Schorlau nickte.

„Hervorgerufen durch hohe Konzentrationen von Dünnsäure. Deshalb werde ich heute am Nachmittag, wenn die Tagung vorbei ist, noch einmal in die Leyhörn fahren und Wasserproben nehmen", meinte Schorlau, blickte auf die Uhr und stand auf. „Ich muss mich sputen, um neun fängt der Kongress an."

„Moment", stoppte Faber ihn bestimmt und hielt Schorlau am Arm fest. „Wieso Dünnsäure? Was ist das für ein Zeug und wo kommt es her?"

„Dünnsäure ist die Bezeichnung für verdünnte Schwefelsäure", klärte Schorlau sie auf und referierte weiter: „Sie entsteht unter anderem als Abfall bei der Titandioxid- und Farbstoffherstellung und kann neben maximal fünfundzwanzig Prozent Schwefelsäure noch Schwermetalle und halogenierte Kohlenwasserstoffe enthalten. Ich schätze, dass es rund zweihundertfünfzig Prozesse gibt, bei denen Dünnsäure als Abfallstoff auftritt. Jedoch sind die Farbstoffherstellung und die Produktionen für das Militär besonders davon betroffen. Zum Beispiel eure Kevlarwesten, diese schusssicheren Dinger, bei deren Produktion entsteht eine Menge Abfalldünnsäure."

„Okay, und unser Toter, wie passt der da rein?", fragte Faber und hielt immer noch Schorlaus Handgelenk in seinem Griff.

„Deshalb brauch ich die Proben von der Leyhörn, denn ich fand auf seiner Haut auch eine erhöhte Konzentration von Dünnsäure. Wäre ein ziemlicher Skandal, wenn die Leyhörn damit vergiftet wäre", erwiderte Schorlau und befreite sich von Fabers Hand. „Ich muss jetzt wirklich, nimm meine Reisetasche mit, ich komme dann am Abend zu dir raus. Es würde mich freuen, wenn wir bei dir ein Gläschen mit Frau Waatstedt trinken könnten." Mit den Worten verschwand Schorlau eilig auf den Gang.

„Dünnsäure?", grübelte Rike laut, dann nickte sie plötzlich. „Helgoland!"

„Bitte, Waatstedt, ich meine Rike, fang nicht auch noch an, wie Schorlau in Rätseln zu sprechen. Ich bevorzuge vollständige Sätze", kritisierte Faber sie, hängte den Mantel an die Garderobe und ließ sich in seinen Sessel fallen. Auch Rike schälte sich aus ihrem Parka.

„Hast du schon einmal von den Verklappungen in der Nordsee gehört?", fragte sie und setzte sich auf einen der Stühle vor seinem Schreibtisch.

„Ganz dunkel. Klärst du mich auf?"

„Ich habe als Teenager bei Greenpeace mitgearbeitet, daher kenne ich die alten Geschichten, Opa damals im Übrigen auch. Weißt du, bis 1990 durften die Industriefirmen noch Dünnsäure in der Nordsee verklappen. Bis dann endlich Taten folgten. Aktive Mitglieder von Greenpeace haben 1980 zum ersten Mal Schritte unternommen, sie leinten Rettungsinseln an das Verklappungsschiff Kronos an, um den Giftmülltransporter am Auslaufen zu hindern. Andere kippten zentnerweise missgebildete Fische vor das Bayer-Unternehmen in Brunsbüttel. Als die Polizei Tage später gegen die Umweltschützer vorgehen wollte, war die Presse schon an der Sache dran", erklärte Rike.

„Okay", sagte Faber interessiert.

„In Deutschland verklappte die Kronos Titan GmbH zwanzig Jahre lang mit zwei Tankschiffen, der Kronos und der Titan, bei voller Produktion je bis zu tausendzweihundert Tonnen Dünnsäure pro Tag. Tja, und das in der Nähe von Helgoland", brachte sie es auf den Punkt. „Erst 1990 wurde die Dünnsäure- und Restölverklappung eingestellt. Seither dürfen Ölplattformen auch nicht mehr im Nordatlantik versenkt werden."

Faber rieb sich nachdenklich das Kinn. „Wir haben Helgoland, eine Leiche, die aussieht, als wäre sie von der Mafia getötet worden, und Dünnsäure. Mensch, Waatstedt, das hört sich verdammt nach Müllmafia an."

„Müllmafia? Was meinst du damit genau?", fragte sie. „Im Übrigen heiße ich Rike", schob sie hinterher.

„Abfallentsorgung, Rike! Abfall jeglicher Art ist hier in Europa ein großes Problem. Illegale Mülldeponien, Chemikalien, selbst Atommüll gehört zu einem neuen Geschäftszweig des organisierten Verbrechens", erklärte Faber. „Kannst du dich an den Skandal in Brandenburg erinnern? Dort wurde von windigen Geschäftsleuten eine Abfallfirma gegründet und der Müll landete in einer Kiesgrube. Es wurde ein Haufen Geld dafür kassiert. Als man den Skandal entdeckte, wurden Gutachten erstellt, die Kiesgrube ausgehoben und so weiter. Das Verfahren gegen die Beschuldigten läuft seit zehn Jahren, und da jetzt der maßgebliche Gutachter verstorben ist, ist es möglich, dass der ganze Prozess von vorne beginnen muss", sagte Faber. „Das ist nur ein Beispiel. Doch denken wir größer: Dünnsäure, früher in der Nordsee verklappt, muss jetzt von den Chemiekonzernen mittels teureren Verfahren entsorgt werden."

„Es sei denn", fuhr Rike fort, „es findet sich jemand, der das Zeug billiger loswird. Faber, stell dir mal vor, jemand verklappt wieder vor Helgoland. Richtig gemerkt hätte das wahrscheinlich niemand, damit rechnet doch keiner mehr. Jedoch diese eigenartige Oberflächenströmung hat das Zeug zu uns getrieben, genau wie den Leichnam. Darum sind Ihmelsens Vögel auch gestorben."

***

Faber hatte sich in sein Büro zurückgezogen und googelte die damaligen Greenpeace-Aktionen gegen die Verklappungen in der Nordsee. Dort gab es Fotos, wie über fünfzig Fischkutter gemeinsam mit dem Greenpeace-Schiff Sirius und Schlauchbooten den Gifttanker Kronos vor dem Auslaufen stoppten. Die Mengen, die an Cadmium, Blei und Schwefelsäure in den Kreislauf der Nordsee verschwanden, waren ungeheuer hoch gewesen. Er fand eine Webseite, die von einer Million Tonnen jährlich sprach, die an Dünnsäure vor 1988 eingeleitet worden waren. Durch Tanker, aber auch mit Pipelines, und Helgoland spielte als Standort eine große Rolle. Selbst heute noch, wenn es darum ging, den Fahrrinnenschlamm des Hamburger Hafens zu entsorgen.

„Komm, wir machen einen Spaziergang", wandte er sich an Rike, nachdem er wieder in das Großraumbüro gegangen war.

„Klar, warum nicht", erwiderte sie, wunderte sich zwar, was er vorhatte, aber holte ihren Parka. Faber hatte bereits seinen Mantel an und sie schob ihre rote Zipfelmütze auf den Kopf. „Wohin geht es?"

„Diese ganze Verklappungsgeschichte lässt mir keine Ruhe. Wusstest du, dass vor 1988 jährlich eine Million Tonnen Dünnsäure verklappt wurden?", fragte er, als sie das Polizeirevier verließen. Der Wind war wieder eisig und der Himmel voller grauer Wolken. Man konnte den Schnee, der für heute Nachmittag angekündigt war, regelrecht riechen.

„Ja, obwohl ich damals erst drei Jahre alt war. Doch davon habe ich bei Greenpeace gehört", erwiderte sie und zog den Reißverschluss ihres Parkas bis unters Kinn. „Ich bin nur froh, dass Greenpeace so viel erreicht hat." Sie runzelte die Stirn, als er von der Rademacherstraße in die Boltentorstraße einbog. „Hey, du willst doch nicht schon wieder essen, das ist doch der Weg ins CoCo." Eines von Fabers Lieblingsrestaurants, ein Koreaner, der in Emden das beste Sashimi anbot.

„Nein, aber nur zwei Querstraßen von hier entfernt ist die Geschäftsstelle von Greenpeace Emden, ich dachte, wir schauen da mal vorbei", ließ er die Katze aus dem Sack. „Mich würde interessieren, ob die dort einen Verdacht haben, was illegale Dünnsäureverklappung angeht."

„Gute Idee", lobte Rike und sah, wie eine Windböe ihm das zu lange Haar zerzauste. „Faber, du musst dringend mal zum Friseur!"

Er sah sie strafend an. „Genau darum bin ich kein Freund vom Duzen. Vom Du bis in die Einmischung ins Privatleben ist es nur ein Schritt", erwiderte er sauer.

„Verzeihung, Herr Kriminalhauptkommissar", schoss sie eine Breitseite. „Mach doch, was du willst. Wenn du unbedingt aussehen willst wie ein Lama vor der Schur!"

„Können wir zu unserem Fall zurückkommen?"

35

„Schon gut", gab sie klein bei. „Sag mal, und wenn unser Toter ein Umweltaktivist war und deshalb sterben musste?"

Faber kräuselte die Stirn. „Hm, du hast zwar gerade mal wieder spekuliert, ohne den Konjunktiv zu benutzen, doch da könnte etwas dran sein. Reden wir mit Greenpeace und sehen, was die uns zu erzählen haben", meinte er, als sie vor der Geschäftsstelle angekommen waren. Faber war erstaunt, so viele Leute bei Greenpeace zu finden, denn er hatte gelesen, dass alle Mitglieder in Emden ehrenamtlich arbeiteten. In dem kleinen Ladengeschäft, das sich Geschäftsstelle schimpfte, sortierten Jugendliche Flyer und jemand stand am Kopierer. Weiter hinten unterhielten sich drei Leute, zwei Männer und eine junge Frau.

„Ah, prima", rief einer der Männer. Er hatte einen Vollbart, trug Jeans und ein Leinenhemd. Um den Hals hatte er einen lila Schal gebunden und sah aus, als wäre er einem Wahlplakat der Grünen in den Achtzigern entsprungen. Er winkte sie zu sich. „Super, heute haben wir wirklich viele Freiwillige. Schmeißt eure Jacken darüber und dann könnt ihr helfen, die Flyer zu falten", sagte er lächelnd. Faber griff nach einem der Flyer, darauf ging es um eine Aktion, die gegen Ölbohrungen des DEA-Konzerns im Nationalpark Wattenmeer gerichtet war. An einem Informationsstand in der Emder Innenstadt sollten die Flyer nächsten Samstag verteilt werden.

„Siehst du, mit deinem Haarschnitt hält man uns für Ökos", spottete Rike leise und Faber schüttelte genervt den Kopf.

„Sind Sie hier der Verantwortliche dieser Geschäftsstelle?", fragte er dann den Mann.

„Ja, Klaus Pfänder", stellte er sich vor und schüttelte Fabers Hand. Der zog seinen Dienstausweis und hielt ihn Pfänder hin. Sofort verzog der das Gesicht, als er realisierte, dass die beiden Polizisten waren. „Wir haben die Aktion bei Ihnen angemeldet", informierte er sie sofort.

„Könnten wir uns hier irgendwo in Ruhe unterhalten?", bat Faber ihn.

36

„Muss das sein, wir haben noch eine ganze Menge zu tun!",
wich der Mann ihm aus. Er machte keinen Hehl daraus, dass
man die Polizei hier nicht gerne sah.

„Hören Sie, Herr Pfänder, meine Kollegin und ich sind von
der Kriminalpolizei. Ihre Aktionen interessieren uns nicht,
aber wir könnten Hilfe gebrauchen", versuchte Faber ihn zu
beruhigen und sah Pfänder erwartungsvoll an.

„Von mir aus. Kommen Sie mit." Er ging mit ihnen durch
eine Tür am Ende des Ladens in ein kleines Büro. Es war
vollgestopft mit Plakaten, Fahnen und Broschüren. Pfänder
räumte zwei Stapel mit Papieren von den Stühlen, damit sie
sich überhaupt setzen konnten. „Also, um was geht es?", fragte
er mürrisch.

„Jetzt seien Sie doch nicht so unfreundlich", rutschte es Rike
raus.

„Wenn Sie wüssten, was ich mir schon von Polizisten
anhören und gefallen lassen musste, da wäre selbst Ihnen die
Freundlichkeit   abhandengekommen",   erwiderte   der
Greenpeace-Mann.

„Hören Sie, ich kann zwar nicht für die Kollegen der
Bereitschaftspolizei reden, doch ich persönlich finde Ihre
Organisation sehr wichtig. Was Sie tun, ist zwar nicht immer
legal, verfolgt aber einen guten Zweck", versuchte Faber die
Wogen zu glätten. Klaus Pfänder runzelte die Stirn, als er das
hörte, nickte jedoch zögerlich. „Herr Pfänder, wir würden uns
für die Verklappung von Dünnsäure interessieren."

Jetzt sah der Mann von Greenpeace sie erstaunt an. „Sie
meinen in der Nordsee, das ist seit 1990 vorbei. Wurde
verboten!"

„Das wissen wir", erwiderte Rike ruhig. „Doch gibt es
Gerüchte oder Meinungen in Ihrer Organisation, dass es
verbotenerweise noch durchgeführt wird?"

Pfänder runzelte seine Stirn. „Interessant, dass Sie das fragen.
Wir hatten vor Weihnachten ein Treffen mit Aktivisten von
Greenpeace Dänemark und den Niederlanden. Die dänischen
Kollegen hatten Bedenken, weil im Skagerrak bei Messungen

wieder erhöhte Schwefelsäurekonzentrationen festgestellt wurden. Die Kollegen fahren mittlerweile wieder vermehrt Kontrollen dort oben, konnten aber nichts Stichhaltiges feststellen."

„Und was ist mit Helgoland?", kam Faber zum Punkt.

„Dünnsäure, nein, davon haben wir nichts gehört. Unser Problem mit Helgoland ist weiterhin der Hafenschlamm des Containerhafens in Hamburg. Die giftigen Sedimente werden vor Helgoland bei Tonne E3 verklappt. Nachdem der Umweltminister von Schleswig-Holstein letztes Jahr umgekippt ist, sollen zehn Millionen Kubikmeter in den nächsten fünf Jahren dort verklappt werden", erklärte Pfänder und die Empörung war seiner Stimme anzuhören.

„Bei diesen giftigen Sedimenten handelt es sich also nicht um Dünnsäure?"

„Nein, die Hochschule für Angewandte Wissenschaften Hamburg hat festgestellt, dass sich am Grund unter anderem Mineralölkohlenwasserstoffe, Quecksilber, Blei und giftiges Arsen ablagern. Auch das bereits verbotene Pflanzenschutzmittel DDT und der ebenfalls seit Jahrzehnten verbotene Weichmacher PCB finden sich im Hafenschlick. Ein brisantes Gemisch, das nicht im Meer landen sollte." Der Mann kannte sich richtig gut aus, dachte Rike. „Man weiß, dass sich diese Gifte auf die Fruchtbarkeit der Meerestiere auswirken." Pfänder stand auf und suchte auf dem Durcheinander seines Schreibtisches etwas. Mit einer Broschüre kam er zu ihnen zurück. „Hier, das ist eine kurze Abhandlung über die Schlammverklappung und die Auswirkungen."

„Danke für Ihre Zeit. Wenn Sie einmal mit den Kollegen der Bereitschaftspolizei Probleme haben, dann rufen Sie mich an, vielleicht kann ich helfen", bedankte sich Faber und gab ihm seine Visitenkarte. Rike tat es ihm gleich.

„Darf ich Sie fragen, warum Sie sich für Dünnsäureverklappung interessieren?", fragte Pfänder, nachdem sie aufgestanden waren. „Sie kommen doch nicht einfach ohne Grund hierher."

„Leider kann ich Ihnen das nicht sagen, es handelt sich um eine laufende Ermittlung", informierte ihn Faber und schüttelte seine Hand.

„Wissen Sie", sagte Pfänder plötzlich, „wenn Ihnen etwas von Dünnsäureverklappung zu Ohren kam, dann vielleicht von einigen unserer jungen Aktivisten. Auch unsere Organisation hat Mitglieder, die zu konspirativen Theorien neigen." Pfänder zuckte mit den Schultern. „Greenpeace ist nicht mehr so, wie wir vor dreißig Jahren waren. Wir bewegen uns mittlerweile im Bereich der Legalität, versuchen mit den Behörden und den Politikern zusammenzuarbeiten. Jedoch träumen die jungen Leute immer noch von der Zeit, als wir Giftmülltanker mit Fischerbooten boykottierten und uns an Schiffe ketteten. Solches Gerede sollten Sie nicht zu ernst nehmen."

Rike und Faber machten sich wieder auf den Weg. Als sie die Geschäftsstelle verließen, hatte es angefangen zu schneien. Der Wind trieb große Flocken vor sich her. „Na, willst du nicht besser meine Mütze?", fragte Rike.

Faber zog etwas aus der Manteltasche. „Nein danke, heute bin ich vorbereitet!", verkündete er und setzte sich eine schwarze Wollmütze ohne Bommel auf den Kopf.

„Entschuldigen Sie", hörten sie die Stimme einer jungen Frau, die Ihnen aus dem Greenpeace-Laden nachgerannt kam, sie hatte noch nicht einmal eine Jacke an.

„Ja", meinte Faber und hatte sich zu ihr umgedreht. Auch Rike beäugte sie neugierig.

„Verzeihen Sie, ich habe vorhin mitbekommen, dass Sie von der Polizei sind", sagte die hübsche junge Frau. Sie war recht groß, schlank und hatte langes braunes Haar, das zu einem Zopf gebunden war. Ihre Wangen waren rot von der Kälte und sie stand etwas unschlüssig vor ihnen. „Nun, ich weiß gar nicht, ob ich bei Ihnen richtig bin."

„Erzählen Sie doch einfach, dann finden wir das schon raus", ermutigte sie Rike.

„Es geht um meinen Freund, er ist verschwunden seit zwei Wochen und ich mache mir Sorgen", schoss es jetzt aus ihr heraus und Faber wurde sofort hellhörig.

„Sie holen sich ja den Tod", meinte er. „Kommen Sie. Wir gehen kurz in das Café, dort ist es wärmer." Erstaunt über seinen Vorschlag, folgte ihnen die junge Frau in Sams Café. Rike und sie gingen zu einem der Stehtische, während Faber etwas Heißes für alle holte.

„So, jetzt erzählen Sie mal in Ruhe", forderte er sie auf und nippte an seinem Latte.

Sie legte ihre Hände um die Teetasse, als ob sie sich aufwärmen wollte, dann sagte sie: „Jens, mein Freund, er ist auch Mitglied bei Greenpeace. Vor zwei Wochen verschwand er. Ich muss dazu aber sagen, dass er mir das angekündigt hat. Er war einer großen Sache auf der Spur und wollte recherchieren."

„Moment, ich kann Ihnen nicht ganz folgen, was für eine große Sache?", hinterfragte Rike.

„Er sagte, er hätte Informationen, und wenn sich die bestätigen, dann hätten wir hier seit Langem einmal wieder einen riesigen Umweltskandal", brachte sie es auf den Punkt.

„Haben Sie denn eine Ahnung, was er vorhatte? Worum es dabei ging?"

Sie schüttelte den Kopf. „Wissen Sie, Jens ist im vierten Semester, er studiert Journalismus. Er träumt davon, dass er mal den Pulitzer-Preis gewinnen wird, doch er ist kein Verrückter. Wenn er da an etwas dran war, hatte das auch Hand und Fuß", sagte sie schnell und ihre grünen Augen funkelten besorgt.

„Wie ist eigentlich Ihr Name und wie heißt Ihr Freund?", hakte Rike nach und hatte ihren kleinen Papierblock gezückt, um sich Notizen zu machen.

„Ich bin Jule Nordhäuser und Jens' Nachname ist Strom, Jens Strom. Wenn er hier in Emden ist, dann wohnt er bei mir, er studiert aber in Hamburg", erklärte Jule.

„Müsste er denn nicht bereits wieder an der Uni sein?“, erkundigte sich Faber.

„Nein, die Vorlesungen fangen erst wieder am dritten April an. Er wollte seine Recherchen zu seiner Bachelorarbeit machen“, fuhr sie fort. „Darum ist das bestimmt kein dummes Zeug, was er geredet hat.“

„Aber außer, dass es sich um einen Umweltskandal handelte, wissen Sie nichts, Jule?“, vergewisserte sich Rike noch einmal. Sie schüttelte nur den Kopf.

„Dann holen Sie mal Ihre Jacke und kommen mit uns aufs Revier, damit wir eine Vermisstenanzeige aufnehmen können“, entschied Faber. „Wir warten hier auf Sie.“ Kaum war Jule aus dem Café gelaufen, rief Faber in der KTU Oldenburg an. Er wunderte sich für einen Moment, dass Schorlau sich nicht meldete. Doch dann fiel ihm wieder ein, dass Philipp in Emden war. Sein Praktikant versprach ihm, die Fotos von dem Toten sofort zu schicken.

„Du kannst der Kleinen aber nicht die Fotos zeigen, die flippt uns total aus“, ermahnte ihn Rike.

„Sag mal, du hältst mich wohl für ein Ungeheuer“, moserte er. „Natürlich nicht, doch wie ich Schorlau kenne, hat er von diesem Leberfleck eine Großaufnahme gemacht, den sollte Jule Nordhäuser wiedererkennen, wenn der Tote Jens Strom ist“, gab er zu bedenken und sie gingen zum Ausgang, weil Jule gerade über die Straße in ihre Richtung rannte.

Bevor Faber der jungen Frau auf dem Revier das Foto zeigte, hatte er alle relevanten Daten über Jens Strom aufgenommen, denn auch wenn er nicht ihr Toter war, müsste eine Vermisstenanzeige aufgenommen werden. Jedoch klärte sich das sehr schnell, denn Jule war sich hundertprozentig sicher, dass es sich um den Leberfleck auf Jens' Rücken handelte. Sie hatte gemeint, dass das Muttermal fast die Form der Insel Borkum hatte und dass die beiden immer darüber gelacht hätten, weil Jens ein echter friesischer Junge war. In dem Moment musste Faber Jule Nordhäuser die Wahrheit sagen, und was dann mit der jungen Frau passierte, war für Rike und

Faber kaum zu ertragen. Sie war regelrecht zusammengebrochen und Faber hatte kurzerhand eine Ambulanz verständigt, die Jule ins Krankenhaus brachte. Dabei hatte er Jule noch nicht einmal gesagt, in welchem Zustand sie Jens' Leiche gefunden hatten.

„Komm, Waatstedt, wir beide müssen jetzt sofort zu Jens Stroms Eltern. Wir brauchen von ihnen eine Bestätigung, wegen des Leberflecks. Weißt du, wo dieses Westerhusen liegt?", fragte er niedergeschlagen, denn die Reaktion von Jule war ihm an die Nieren gegangen und er vermochte sich erst gar nicht vorzustellen, wie es mit den Eltern werden würde.

„Auf unserem Nachhauseweg", erwiderte sie traurig. Bisher hatte sie nur einmal eine Todesnachricht überbringen müssen, der Ehefrau eines Mannes, der auf der Bundesstraße 210 tödlich verunglückt war. Das war schon schlimm, doch wenigstens war der Mann Anfang sechzig gewesen. Jens Strom hingegen war Mitte zwanzig, als er gestorben war, und hatte eigentlich sein ganzes Leben noch vor sich gehabt.

Faber sah sie forschend an, und als ob er ihre Gedanken gelesen hätte, meinte er: „Ich mach das, kümmer du dich anschließend um die Mutter, die trifft es immer am schlimmsten."

Kapitel 3

Völlig erledigt fuhren Rike und Faber gegen einundzwanzig Uhr auf den Hof der Alten Schule, die er in Klein Hauen gekauft hatte. Das Schneetreiben war mittlerweile heftiger geworden und im Licht der Straßenlampe trieben dicke Flocken auf die verschneite Straße. „Oh, verdammt", meinte Faber müde, „ich habe Schorlau total vergessen." Dabei deutete er mit einem Nicken auf den zugeschneiten Sportwagen, der neben dem Stall stand. „Wo ist der Kerl eigentlich?" In dem Moment ging das Licht über Rikes Haustür an und Knut stand im Türrahmen.

„Kinners", rief er, nachdem die beiden ausgestiegen waren. „Bei dem Wetter habe ich mir um euch Sorgen gemacht. Wo zum Teufel kommt ihr denn jetzt her?"

„Genau das möchte ich auch mal wissen", hörten sie eine zweite Stimme. Philipp Schorlau war hinter Opa Knut aufgetaucht.

„Komt eerst maal rin", winkte Knut sie ins Haus. Faber zog seine nassen Schuhe aus und Opa gab ihm ein paar Hausschuhe von sich, die aber mindestens zwei Nummern zu klein waren. Dann schlurfte er Rike in die Küche hinterher, in der Schorlau bereits wieder am Tisch saß. Der Kachelofen glühte regelrecht und man konnte das Holz darin knacken hören. Opa hatte schon in weiser Voraussicht zwei weitere Teller aufgedeckt. In der Mitte stand ein Korb mit Graubrot und zwei ziemlich große Räucheraale lagen daneben. Anscheinend hatte Opa Schorlau noch nicht erlaubt davon zu essen, so hungrig, wie der die beiden Aale ansah.

„So, Herr Doktor, jetzt können Sie rinhauen, jetzt sind die Kinner tohuus", meinte Knut und teilte die beiden Fische in vier Teile. „Einer der Fahrer von Siebrand hat die beiden Prachtkerle heute bei mir vorbeigebracht, mit Grüßen vom Chef." Opa Knut hatte guten Kontakt zu dem Fischgroßhändler in der Krummhörn, und wenn die örtliche Gastronomie in

Greetsiel beliefert wurde, fuhren die Angestellten öfters bei Opa vorbei und brachten ihm solche Köstlichkeiten. Er griff zwei Flaschen Bier aus dem Kühlschrank und stellte sie Faber und Rike hin. Bei Opa wurde der Aal nur mit einem Kniep, einem kleinen scharfen Küchenmesser, und mit Händen gegessen. Dazu gehörte ein Bier, das aus der Flasche getrunken wurde.

Erst nachdem Schorlau mit spitzen Fingern ein großes Stück filetiert, auf das Graubrot gelegt und deftig hineingebissen hatte, meinte er: „Also, warum habe ich vor verschlossenen Türen gestanden? Ohne den guten Herrn Waatstedt wäre ich da draußen erfroren."

Faber kaute in Ruhe seinen Mund leer. „Tut mir leid, ich habe dich vergessen", erwiderte er halbherzig. „War ein echter Scheißtag", rutschte es ihm raus.

„So, so, vergessen, vielen Dank auch, Faber", erwiderte Schorlau beleidigt.

„Es war ein abscheulicher Nachmittag, wirklich, Schorlau, jetzt nörgeln Sie nicht. Wir mussten eine Familie über den Tod ihres Sohnes und Lebensgefährten informieren", griff Rike ein, denn Faber hatte sich wirklich großartig bei Jens Stroms Eltern verhalten. So viel Einfühlsamkeit hatte sie ihm nicht zugetraut, dennoch war deren Reaktion ebenso fürchterlich, wie es bei Jule Nordhäuser gewesen war. Jens Strom war von den seinen sehr geliebt worden.

„Ihr meint unseren Fall von gestern?", fragte Schorlau etwas kryptisch, da Opa mit in der Küche war.

„Der Jung, dem man den Kopf und die Hände abgeschnitten hat", brachte Opa es auf den Punkt und Faber nickte.

„Ja, Knut, ein junger Student, Jens Strom, die Eltern wohnen in Westerhusen", erwiderte Faber und Schorlau riss die Augen auf. Solche Informationen vor Zivilisten zu besprechen, war nicht Fabers Art, das wusste er.

„Opa Knut ist absolut vertrauenswürdig und kann besser kombinieren als ein Kriminalrat", nahm ihm Faber den Wind aus den Segeln, bevor er sich empören konnte.

„Oh, oh", war alles, was Schorlau stotterte.

„Und habt ihr schon mehr herausbekommen?", fragte Knut neugierig geworden und auch Schorlau sah Faber höchst interessiert an. Der jedoch nickte Rike zu und fummelte wieder an seinem Stück Aal rum.

„Jens Strom war ein Journalismus-Student und arbeitete ehrenamtlich bei Greenpeace", nuschelte Rike mal wieder mit vollem Mund. „Seine Freundin sprach uns an, weil sie sich um ihn Sorgen machte, denn er war seit Wochen verschwunden. Anscheinend recherchierte er irgendeine Story, bei der es um einen Umweltskandal ging. Seine Eltern meinten, dass er und sein Kommilitone, mit dem er in Hamburg ein Zimmer teilte, gemeinsam an irgendeinem Artikel arbeiteten. Seine Freundin glaubt, es ging um einen Umweltskandal."

„Die Dünnsäure?", fragte Schorlau sofort.

„Vielleicht, wir wissen es nicht. Doch meinte der Leiter von Greenpeace in Emden, dass es keine Verklappung von Dünnsäure mehr vor Helgoland gibt", fügte Faber an. „Er hat was von Hafenschlick aus Hamburg geredet, der dort in die Nordsee geschüttet wird, aber definitiv nicht Dünnsäure."

„Ist es aber, ich meine Dünnsäure", behauptete Schorlau und sie sahen ihn überrascht an. „Der Grund, warum ich so durchgefroren war, ist, weil ich nach der Tagung in die Leyhörn gefahren bin, bei dem Wetter!", grummelte er. „Ihr hättet mir ja sagen können, dass ich nicht mit dem Auto bis zu der Hütte von dem Vogelspinner fahren kann. Auf jeden Fall, ich bin dann hingelaufen, mit dem Typen ins Boot und habe Proben genommen."

Faber schüttelte irritiert den Kopf. „Und warum bist du dir sicher, dass in dem Wasser Schwefelsäure war, hast du in Knuts Küche Experimente durchgeführt?"

Schorlau runzelte die Stirn und sah ihn an, als ob er einen Knall hätte. „Mann, Faber, wie du Hauptkommissar geworden bist, wundert mich manchmal. Nein, denn wenn die Dünnsäure von Helgoland bis Leyhörn getrieben ist, dann ist die Konzentration von Schwefelsäure so gering, da muss schon ein

Labor ran", sagte er. „Ich bin zum WSA nach Emden gefahren, die haben das dann analysiert."

„Spinnst du, Schorlau? Wirst du jetzt so eine Art zweiter Boerne?", fragte Faber entrüstet und spielte auf den Pathologen des Tatort Münster an, der sich persönlich in alle möglichen Ermittlungen einmischte. Etwas, das kein Forensiker tun würde, weder hier in Deutschland noch in den Staaten, so wie das bei der Serie CIS gezeigt wurde. Außer vielleicht Schorlau, dachte Faber und schüttelte den Kopf. „Das ist eine laufende Ermittlung, da kannst du doch nicht einfach das WSA einschalten, um deine Wasserproben analysieren zu lassen."

„Herzlichen Dank auch", erwiderte Schorlau eingeschnappt. „Wenn ich das mit in die KTU genommen hätte, dann hättet ihr vor Montag gar nichts gewusst. Im Übrigen war der Ingenieur beim WSA sehr hilfreich und meinte, er kenne euch beide. Jedenfalls war Schwefelsäure im Leyhörner Wasser, und zwar so hoch konzentriert, dass es einigen Vögeln dort das Licht ausgeblasen hat. Quod erat demonstrandum!"

„Jetzt hört mal auf, ihr zwei", meinte Rike energisch und wischte sich ihre fettigen Finger an einem Blatt Küchenrolle ab. „Echt, Faber, ist doch gut, dass wir jetzt definitiv wissen, dass es sich um Dünnsäure handelt."

„Ja, schon gut", murmelte Faber und biss in sein Brot.

„Wat meenst du denn mit hoog konzentriert?", fragte Knut Schorlau, während er kleine Schnapsgläser holte und eiskalten Genever einschenkte.

„Na ja", erwiderte Schorlau und nickte zum Dank, als Knut ihm den Schnaps hinstellte. „Als man damals, vor 1990, noch Dünnsäure in Helgoland verklappte, sind die Seevögel dort auch nicht mit den Beinen nach oben auf der Nordsee getrieben. Selbst vor Ort durfte die Konzentration einen bestimmten Prozentsatz nicht überschreiten."

„Moment", griff Faber ein und rieb sich die Hände ebenfalls mit Zewa ab. „Du meinst, die Konzentration bei der Leyhörn ist höher, als es damals am Ort der Verklappung war. Das würde ja bedeuten, wenn das Zeug von Helgoland kommt, bei dem Sturm und der Umwälzung der Wassermassen, dann müssen die ja ...", sagte er, aber kam nicht weiter.

„Eine Säure ins Wasser geschüttet haben, die förmlich gezischt hat, weil hochkonzentrierte Schwefelsäure sich nur unter starker Wärmeentwicklung mit Wasser mischt", beendete Schorlau den Satz. „Was dir vielleicht aber auch hilft! Denn wenn es ein Schiff war, dann müssen die eine ziemlich moderne Verklappungsanlage an Bord haben. Denn es darf auf keinen Fall Wasser in die Eisentanks kommen, da dann durch die Wasserstoffentwicklung die Wände angegriffen werden."

„Schorlau", sagte Rike, „wenn wir morgen nach Helgoland fahren und dort Wasserproben nehmen, wäre dort die Konzentration immer noch höher als jetzt in der Leyhörn?"

„Aber selbstverständlich, liebe Frau Waatstedt", flötete Schorlau. Knut sah ihn brummig an und Faber zog missbilligend eine Augenbraue hoch. Doch dann dachte er über Rikes und Schorlaus Worte nach.

„Mal sehen, ob ich morgen nicht eine Bootsfahrt mit der Friesland für uns drei organisieren kann", meinte er dann und dachte an das Angebot von diesem Ingenieur Wittsund.

„Morgen ist Samstag", entgegnete Schorlau unwillig und fügte an: „Außerdem ist Schietwetter!"

„Ist doch kein Problem für einen Seebären wie dich, Schorlau, oder?", konterte Faber und hob sein Schnapsglas. „Na denn, Prost, auf Knut und den guten Räucheraal!"

***

Während der Fahrt der Friesland am anderen Morgen nach Helgoland hatte Faber seine saloppen Worte bitter bezahlt. Dass er bei ihrer Rückkehr am Abend in Emden überhaupt noch aufrecht stehen konnte, hatte er allein Schorlau zu verdanken. Er hatte sich die Seele aus dem Leib gewürgt bei der Überfahrt und wäre wahrscheinlich gestorben, wenn Schorlau ihm nicht eine Wunderpille verpasst hätte. Ein

Umstand, den Schorlau die nächsten Jahre wahrscheinlich unverschämt ausnutzen würde, war es Faber durch den Kopf gegangen.

Das WSA hatte bereits an Bord das Meerwasser analysiert und sie hatten die Bestätigung. Es war vor einiger Zeit eine hochkonzentrierte Säure vor Helgoland verklappt worden.

„Hauptkommissar Faber, ich muss da was unternehmen", sagte Wittmund vom WSA ernst, der, obwohl es Wochenende war, die Fahrt der Friesland überhaupt erst möglich gemacht hatte. Jetzt saßen sie zu viert mit einem starken Kaffee in seinem Büro. Es war fünf Uhr am Nachmittag, stockdunkel und schneite wieder, jedoch hatte der Wind den ganzen Tag abgeflaut. Faber wollte gar nicht daran denken, wie es auf dem Schiff gewesen wäre, wenn es gestürmt hätte. Nur bei dem Gedanken drehte sich sein Magen wieder um.

„Das verstehe ich! Aber wenn wir jetzt die Pferde scheu machen, dann bekommen wir diese Verbrecher nie. Es geht nicht nur um die Giftmüll-Entsorgung, wir haben es hier auch mit Mord zu tun", warf Faber ein. Wittsund schüttelte den Kopf, denn theoretisch war er gezwungen, sofort das Land Niedersachsen zu informieren.

„Herr Wittsund", versuchte es Rike. „Dieser Mist ist bereits in der Nordsee und raus bekommen Sie den dort auch nicht mehr. Außerdem haben Sie festgestellt, dass die ursprüngliche Strömung die Säure wieder vom Festland wegtreibt. Was kann denn passieren, wenn wir die Tatsache für eine, vielleicht zwei Wochen geheim halten? Bei dem Wetter sind die Fischerboote nicht draußen, es liegen keine Touristen am Strand, bitte, Sie müssen uns Zeit geben, sonst sind diese Verbrecher gewarnt und verschwinden über alle Meere."

Wittmund atmete schwer aus. „Also gut, doch bitte halten Sie mich auf dem Laufenden, denn mehr als zwei Wochen kann ich das nicht unter dem Tisch halten. Und falls ich Ärger bekomme, verweise ich auf Sie, Hauptkommissar Faber."

Eine halbe Stunde später waren sie wieder auf dem Weg nach Klein Hauen. „Ich hab Hunger", meldete sich Schorlau von hinten, denn seit dem Frühstück hatten sie alle, außer ein paar Plätzchen, die Faber natürlich nicht angerührt hatte, nichts gegessen. Er war sich auch jetzt nicht so sicher, ob er seinem Magen etwas zumuten konnte.

„Worauf habt ihr denn Lust, ich kann was kochen", sagte er trotzdem tapfer.

„Unsinn, du bist ja immer noch grün im Gesicht, wir fahren beim Fisch-Feinkost Klaasen vorbei, das ist keine zehn Minuten von hier entfernt, da bekommen wir leckere Sachen zum Mitnehmen. Die haben noch auf und du darfst auch zahlen", schlug Rike vor und Faber war ihr dankbar, nicht in Töpfen rühren zu müssen.

„Okay, dann ruf Knut an und sag ihm Bescheid, dass er heute bei mir zu Abend isst", erwiderte Faber. Bereits fünf Minuten später parkte Rike und sprang in das Geschäft und mit einer vollen Tüte kam sie nach kurzer Zeit zurück. Zu Hause angekommen bat er Rike, in einer Viertelstunde mit Knut zu kommen. Schorlau schickte er in den Keller, um zwei Flaschen Pouilly-Fuissé hochzuholen, damit sie ins Eisfach kamen. Natürlich kam Schorlau mit vier Flaschen des teuren französischen Burgunders wieder.

„War ein anstrengender Tag, hast du selbst gesagt", meinte er, als er Fabers tadelnden Blick sah. Als Rike mit Knut durch den Garten kam und sie sich im Wohnzimmer die Hausschuhe anzogen, standen bereits eine Schale Austern und die fertigen Fischkanapees des Feinkostgeschäfts auf dem Tisch.

„Manchmal könnte man vergessen, dass du keen puren Ostfrees büst, mien Jung", meinte Knut anerkennend, als er die geöffneten Austern sah. Sie griffen zu und stießen mit dem Weißwein an, den Schorlau eingeschenkt hatte.

„Herr Waatstedt, das wird er nie sein, bei der akuten Nausea, die ihn heute überfallen hat. Ich darf behaupten, ohne mein medizinisches Eingreifen würden wir jetzt nicht speisen!" Schorlau grinste Opa Knut an.

„Bist töffelig? Was für ne Nausa hat de Jung?"

„Seekrank war er, Opa. Auf dem Boot!", erklärte Rike und schlürfte eine Auster.

„Ingwer, immer eine Wurzel mit in der Hosentasche und darauf kauen, dann schaffst du es um Kap Horn, mien Jung", empfahl Knut und nickte Faber zu. Es entstand erst einmal gefräßige Stille, bis Knut dann meinte: „Ihr habt also wirklich so eine schlimme Säure bei Helgoland gefunden?"

„Ja", erwiderte Faber, der bei den Fischkanapees seinen Hunger wiedergefunden hatte, die Austern jedoch nicht anrührte. „Unsere Theorie, dass wir es mit der Müllmafia zu tun haben, die auch Jens Strom getötet hat, bestätigt sich immer mehr."

„Wir vermuten, dass Jens dahintergekommen und mit einem Boot in Helgoland war oder sogar auf dem Giftmülltanker als blinder Passagier reiste. Er wurde erwischt, getötet, verstümmelt und dann gleich dort über Bord geschmissen", meinte Rike. So weit waren sie schon mit ihren ersten Spekulationen gekommen. Wie sie das alles jedoch beweisen und diese Verbrecher finden konnten, das stand momentan in den Sternen.

„Hm", machte Knut plötzlich nachdenklich. „Sie, Leichendoktor", sagte er und zeigte mit seiner Gabel in der Hand auf Schorlau. „Wenn ich das Zeug, diese Säure, die in Helgoland verklappt wurde, auf die Haut bekomme, was passiert dann?"

„Das brutzelt wie ein Schweinebauch auf dem Grill", meinte Schorlau anschaulich und wurde sofort nachdenklich.

„Igitt, Schorlau, wie ekelig", entfuhr es Rike. Doch Faber griff sich an den Kopf und sah ernst auf Knut, der nur vielsagend den Mund spitzte.

„Knut, du bist manchmal unbezahlbar", sagte er. „Damit hast du unsere Theorie ausgehebelt. Wäre Jens Strom an Bord des Verklappungsschiffes gewesen und in der Nacht über Bord geworfen worden, dann hätte sein Torso überall Verätzungen."

„Stimmt", war alles, was Schorlau beschämt rausbringen konnte. Gerade er hätte an so etwas denken müssen.

„Opi, du bist der Beste", lobte Rike ihn. „Und jetzt, Faber?"

„Jetzt haben wir ein Problem, denn Jens Stroms Leiche kann überall ins Wasser geworfen worden sein, nur nicht an dem Tag der Verklappung in Helgoland", meinte Faber und verzog den Mund.

„Aber wir wissen, er war fünf Tage im Wasser und ist mit der Strömung getrieben. Dieser Wittsund hat das doch mit seinem System simuliert", warf Schorlau ein, dem es immer noch peinlich war, dass Knut logischer an die Sache herangegangen war als ein Experte, wie er es selbst war.

„Aber er sagte auch, dass der Leichnam sich irgendwo verfangen haben könnte, vom Sturm wieder losgerissen wurde und dann erst in der Leyhörn antrieb", gab Faber zu bedenken. „Verdammt, unsere Mafiamord-Theorie war auch zu schön, um wahr zu sein."

„Oder Ihmelsen hat sich geirrt und unser Toter schwamm schon länger im Schilf", meinte Rike niedergeschlagen.

„Nee, nee, der Ihmelsen irrt sich nicht mit seinen Vögeln. Der fährt zweimal täglich ins Schilf", sagte Knut überzeugt. „Wäre der Körper schon früher dort gewesen, dann höchstens einen Tag, Ihmelsen hätte ihn sonst gefunden."

„Also gut, Montag musst du, Schorlau, erst einmal per DNA Jens Stroms Identität bestätigen, rein formell, und wir durchsuchen sein Zimmer bei den Eltern noch einmal genau. Außerdem müssen wir seinen Kommilitonen, diesen Martin Wegener, finden. Anschließend stellen wir auch bei Jule Nordhäuser alles auf den Kopf", fasste Faber zusammen. „So leid es mir tut, doch wir müssen die Sachen jetzt auseinanderhalten. Zwei unabhängige Ermittlungen, der Giftmüll und der Mord!"

***

„Behringer", meldete er sich und blickte auf die Uhr. Es war bereits zehn Uhr am Samstagabend. Er wunderte sich, wer jetzt auf seinem Prepaidhandy anrief, denn theoretisch wäre er eigentlich gar nicht hier. André Behringer hatte die Party seiner Nachbarn früher verlassen, da er sich zu Tode gelangweilt hatte, das war auch der einzige Grund, warum er jetzt bei einem guten Glas Whiskey alleine in dem Wohnzimmer seiner Stadtvilla in Emden saß. Behringer hatte einen harten Job und nicht selten arbeitete er die Wochenenden als Geschäftsführer durch. Sein Arbeitgeber, die Farbwerke Dirksen, war seit Jahrzehnten in Emden ansässig. Ein großer Arbeitgeber in der Gegend, der sich auch finanziell und kulturell für den Landkreis Emden starkmachte. Nach einer Krise Anfang der Neunziger, in der es ausgesehen hatte, als ob man für immer das Werk hätte schließen müssen, war es langsam wieder aufwärtsgegangen. In den letzten zehn Jahren konnte man nach und nach die Stellen wieder schaffen, die zuvor abgebaut worden waren. Seit zwei Jahren war Dr. Behringer jetzt Geschäftsführer des Familienunternehmens und hatte die Firma wieder auf Kurs gebracht. Dieses Jahr würde Behringer eine Gewinnspanne von fünfzehn Prozent vorweisen und damit einen enormen Beteiligungsbonus einstreichen.

„Ich bin es", sagte der Mann am Telefon nervös. „Hör zu, die Polizei stellt Fragen wegen Dünnsäureverklappung bei Helgoland. Du musst sofort etwas unternehmen."

Dr. Behringer schluckte. Insgeheim hatte er immer gewusst, dass dieser Augenblick kommen würde, und alle Maßnahmen waren durchdacht, dennoch wurde ihm in seinem teuren Anzug heiß. „Seit wann fragen die und hat das Wasser- und Schifffahrtsamt schon etwas verlauten lassen?", fragte er sofort. Seine Gedanken rasten bereits zu den nächsten Schritten, er nahm einen großen Schluck seines sündhaft teuren Whiskeys.

„Freitag haben ein Hauptkommissar und eine Kommissarin angefangen Fragen zu stellen. Jedoch habe ich nichts Offizielles vom WSA gehört. Wenn das WSA Bescheid wüsste, dann hätte ich garantiert schon etwas mitbekommen. Darum rufe ich jetzt an. Am Wochenende werden sie mit dem WSA bestimmt nicht sprechen. Außerdem habe ich jemanden, der ab Montag beobachten wird, ob die Friesland rausfährt", sagte sein Gesprächspartner leise.

„Gut, dann fischen die noch im Trüben, dann ist noch nichts offiziell. Wer war das von der Polizei und worum geht es?", hakte Behringer nach.

„Es geht wohl um irgendeine laufende Ermittlung, ich weiß aber nichts Näheres. Es waren ein Kriminalhauptkommissar Faber und eine Kommissarin Waatstedt hier aus Emden. Du musst sofort alles stoppen", schlug der Mann am anderen Ende vor.

„Lass das meine Sorge sein. Ich mache sogar noch mehr, die haben das letzte Mal ihre Nase in unsere Angelegenheiten gesteckt. Ruf mich sofort an, wenn die Friesland unerwartet rausfährt oder du etwas hörst", ordnete Behringer an.

Er war ein knallharter Manager, hatte das Handwerk bei einem großen Chemiekonzern gelernt. Doch erst als man ihn zum Geschäftsführer einer kleinen Tochtergesellschaft dieser AG in Klaipėda, Litauen, gemacht hatte, verstand er, wie man in solch einer schwierigen Branche richtig Geld verdienen konnte. Wollte man erfolgreich sein, machte man keine Gefangenen, das hatte er von den Russen gelernt und sich mit einflussreichen Männern zusammengetan, um ein profitables Unternehmen zu entwickeln. Als er dann bei Dirksen ange-fangen hatte, war sein erstes Anliegen, den Ausbau der Osteuropa-Geschäfte in Angriff zu nehmen. Mittlerweile bestanden mehr als die Hälfte der Umsätze der Dirksen GmbH aus Farblieferungen nach Litauen und Estland. Darum hatte es sich auch gelohnt, eine kleine Containerschiffsflotte zu kaufen und die Logistik selbst zu übernehmen. Damit hatte André Behringer gleich zwei Probleme gelöst: die miese Auftragslage verbessert und einen riesigen Kostenfaktor fast auf null dezimiert. Zwar waren die Unkosten immer noch als solche ausgewiesen, doch das Geld dafür benutzte er für ganz andere Dinge.

„Mach ich, aber zieh mich nicht damit rein", sagte der Mann, doch Behringer legte einfach auf. Anfangs war er nicht davon überzeugt gewesen, ob es sich je lohnen würde, dass er diesen Informanten gekauft hatte. Doch die Summe, die er ihm monatlich zukommen ließ, zahlte sich jetzt aus. Er blickte kurz auf die Uhr, dann wählte er eine Nummer aus dem Kopf.

„Da", sagte die Stimme auf Russisch.

„Wir haben ein Problem. Keine Fahrten bis auf Widerruf und ihr müsst euch um einen Hauptkommissar Faber und eine Kommissarin Waatstedt in Emden kümmern. Sofort!"

„Kanjeschna", erwiderte der Russe, was so viel wie „alles klar" bedeutete. Dann fragte er in gebrochenem Deutsch: „Mit kümmern meinst du endgültig kümmern?"

„Wie immer du es bezeichnest, solange die beiden nie wieder Fragen stellen können!"

***

Als Faber um halb acht am folgenden Montag aus dem Haus kam, hörte er das leiernde Batteriegeräusch des Dienstwagens. Rike saß hinter dem Steuer und versuchte den Motor anzulassen, doch selbst Faber erkannte, dass der Schnee letzte Nacht den Wagen völlig außer Gefecht gesetzt hatte. Es lagen mindestens fünfzehn Zentimeter und die Temperaturen bewegten sich um den Gefrierpunkt. Da Schorlau sich gestern bereits verabschiedet hatte und Fabers eigener Wagen zur Reparatur war, rief er kurzerhand eine Streife, die sie abholen sollte. Sie warteten eine halbe Stunde, bis der Polizeiwagen endlich in Klein Hauen ankam.

„Wir nehmen jetzt Ihren Wagen und Sie rufen bitte eine Werkstatt an", sagte Faber zu den beiden Polizisten, die ebenfalls noch in Zivil waren, da sie unterwegs zu ihrem Revier in Marienhafe für Faber abgerufen wurden. „Ach ja", schickte er hinterher, „danke fürs Kommen."

„KHK Faber", meinte die junge Beamtin, „und wie kommen wir dann wieder auf unser Revier?"

„Der Abschleppwagen soll Sie und Ihren Kollegen dahin fahren, wir bringen Ihren Dienstwagen heute Abend vorbei", meinte er hastig und stieg in den Streifenwagen. Dann ließ er den Motor an und setzte mit Rike auf dem Beifahrersitz zurück.

„Dat is nun nich sien Eernst", fluchte die junge Polizistin und von der Kälte waberten weiße Wölkchen vor ihrem Mund. Kurzerhand öffnete sie die verschneite Motorhaube des Dienstwagens der beiden Kommissare und sah sich die Bescherung an. „Nasse Verteilerkappe", murmelte sie, drehte und wischte für eine Weile an verschiedenen Teilen rum, baute sie flink wieder ein und nickte dann zufrieden.

„Mensch Sabine, wat deist du denn?", fragte ihr Kollege und blickte ihr über die Schulter. Doch sie schlug die Motorhaube zu, stieg auf den Fahrersitz und drehte den Zündschlüssel um. Sofort sprang der Motor an und Polizeimeisterin Sabine Konrad grinste ihrem Kollegen zu.

„Komm rein hier, von wegen Werkstatt", brüstete sie sich stolz und er sprang auf den Beifahrersitz. „Mit etwas Glück holen wir unseren Kriminalhauptkommissar noch auf der Bundesstraße ein. Wie kann man nur so wenig Ahnung von Autos haben", feixte sie. Dann gab sie Gas und fuhr in Richtung Emden.

Der schwarze SUV parkte auf einem Feldweg parallel zur Hafenstraße. Die beiden Männer hatten mit Unmut beobachtet, wie ein Streifenwagen in die Straße ihrer Zielpersonen eingebogen war. Sie waren fast davon ausgegangen, dass sie ihre so kurzfristig eingefädelte Aktion abbrechen müssten, als der Streifenwagen wieder an ihnen vorbeifuhr und auf der Neu-Etumer Straße verschwand. Keine zehn Minuten später tauchte der silberne VW Passat Kombi auf, auf den sie gewartet hatten. Wie erwartet saß die Frau am Steuer und der Mann auf dem Beifahrersitz. Der SUV nahm sofort die Verfolgung auf. Die Straßen waren nur spärlich geräumt worden und dementsprechend kaum Fahrzeuge unterwegs, somit eine ideale Situation, um ihr Vorhaben durchzuführen. Der SUV gab Gas und war innerhalb von Sekunden direkt hinter dem Passat, der längst nicht so sicher auf der schneebedeckten Straße fuhr wie der große Geländewagen. Sie wussten genau, wo es passieren musste. Etwa fünfhundert Meter weiter bog die Kleinbahnstraße von links auf die Bundesstraße und an dieser Abzweigung standen hochgewachsene Bäume.

„Spinnt der?", sagte Polizeiwachmeisterin Sabine Konrad plötzlich und sah besorgt in den Rückspiegel. Der schwarze Geländewagen fuhr ihr fast in den Kofferraum und dann setzte er zu einem gewagten Überholmanöver an. Als sie zur Warnung das Blaulicht anschaltete, röhrte der SUV an ihnen vorbei und schnitt sie dann so riskant, dass sie auf die Bremse treten musste. Danach gab es kein Halten mehr, der Passat brach auf dem Schnee aus und schlingerte hin und her. Sabine tat ihr Möglichstes gegenzulenken, doch konnte das Fahrzeug auf dem gefrorenen Untergrund einfach nicht halten. Die beiden jungen Streifenpolizisten schrien laut auf, als sie durch die Schneewehen auf den Fahrradweg schossen und in den Stamm einer Pappel krachten. Schnee wirbelte auf wie ein plötzlicher Sturm und dann war alles totenstill.

„Dawai", hielt der Fahrer des SUV seinen Kameraden an, sich zu beeilen. Sie parkten keine fünf Meter von der Unfallstelle entfernt. Es war nicht ein einziges Fahrzeug in Sicht und sie mussten ihre Chance nutzen, um zu überprüfen, dass die beiden tot waren. Der Mann in der braunen Lederjacke zog sich schnell die Handschuhe über und rannte zur Unfallstelle. Er stieg in die hohen Schneewehen und zerrte die Fahrerseite des zusammengedrückten Passats auf. Die Frau am Steuer stöhnte leise, doch er griff über sie hinweg und prüfte den Puls am Hals des bewusstlosen Mannes. Der Beifahrer war nicht nur bewusstlos, er war tot, daran gab es keinen Zweifel. Zwar waren die beiden Airbags aufgegangen und hingen jetzt schlaff am Armaturenbrett, doch der Polizist auf dem Beifahrersitz war von einer rausgebrochenen Rahmenstrebe der Karosserie regelrecht aufgespießt worden. Die Frau am Steuer jedoch lebte und ihre Augenlider flatterten. Der Russe schlang seinen Arm um den Hals der blutenden Polizistin. Er legte seine Hand an deren Kiefer und riss ihren Kopf mit einer schnellen

Bewegung nach hinten rechts weg. Es krachte regelrecht, als das Genick brach, und dann war es auch mit dem Leben von Polizeimeisterin Sabine Konrad vorbei. Der Mann schloss die Tür des Unfallwagens und sprintete zum SUV zurück. In einer Schneewolke stob der Geländewagen davon.

„Es ist alles erledigt, Faber und diese Waatstedt, beide tot", erstattete der Mann in gebrochenem Deutsch am Telefon Bericht. „Tragischer Verkehrsunfall bei Schnee", fügte er hämisch an und drückte das Gespräch weg. Dann lehnte er sich auf dem Beifahrersitz zurück und schloss die Augen, um ein wenig zu schlafen.

Kapitel 4

„Waatstedt", meldete sich Rike am Handy, sie hatten gerade erst Manslagt hinter sich gelassen, weil Faber bei dem Schnee übervorsichtig fuhr. Das machte sie wahnsinnig, denn sie waren bereits zwanzig Minuten unterwegs und der Himmel wusste, wann sie Emden erreichten, wenn Faber vorhatte, so weiterzufahren. „Friedhelm, jetzt beruhige dich erst mal, ja, mir geht es gut. Ja, der Chef ist auch bei mir, wir sind fast in Pewsum. Was ist denn los? Moment, ich stelle auf Lautsprecher."

Dann hörten sie, wie sich Friedhelm Steiners Stimme überschlug. „Es gab einen Autounfall in der Nähe von Klein Hauen, euer Nummernschild wurde durchgegeben. Der Autofahrer sagte, beide Insassen sind tot", stotterte er atemlos.

„Was?", fragte Faber entsetzt. „Aber unser Wagen wird doch gerade abgeschleppt."

„Wir sind schon unterwegs und die Feuerwehr von Greetsiel auch", meinte Steiner wieder. „Der Autofahrer, der den Unfall meldete, ist sich sicher mit dem Nummernschild und meinte, der Wagen sei ein silberner VW Passat. Meine Güte, bin ich froh, dass euch nichts passiert ist." Friedhelm atmete tief durch und hatte vor lauter Aufregung Hauptkommissar Faber geduzt.

„Wo genau ist das passiert, wir drehen um", sagte Faber sofort und dann wendete er auf der glatten Straße, machte das Blaulicht an und gab richtig Gas ohne Rücksicht auf Verluste. Für den Rückweg brauchten sie zehn Minuten und Rike biss zwischendurch die Zähne aufeinander. Sein riskanter Fahrstil machte sie jetzt nervöser als sein vorsichtiges Schleichen. Am Hauener Tief, kurz vor der Abzweigung in die Kleinbahn-straße, sahen sie einen roten Audi, der seinen Warnblinker angeschaltet am Straßenrand parkte. Der Fahrer stand davor und gestikulierte mit seinen Armen in Richtung ihres Streifen-wagens. Faber hielt vor ihm und ließ das Blaulicht an, als die beiden aus dem Auto sprangen.

„Dort, der Wagen ist gegen einen Baum geprallt", meinte der etwa fünfzigjährige Mann atemlos und zeigte zur Unfallstelle. Faber und Rike kämpften sich durch die Schneewehe und folgten der Spur, die der Ersthelfer hinterlassen hatte. Die Fahrertür stand noch offen.

„Verflucht", sagte Faber laut, als er in den Wagen blickte. „Das sind die beiden Beamten, die uns vorhin den Streifenwagen überlassen haben." Er hielt seine Hand erst an den Hals des jungen Mannes, obwohl die Chance gering war, dass er mit dem Stahlrahmen in seiner Brust noch lebte, dann an den der Beamtin auf dem Fahrersitz. „Beide tot", fluchte er, als er keinen Puls feststellen konnte. Dann sah er sich den verrenkten Hals der jungen Frau an.

„Oh Gott", entwich es Rike. „Bist du dir sicher?"

„Ich sagte Ihren Kollegen am Telefon bereits, dass sie tot sind, ich bin Arzt", meinte der Audi-Fahrer, der ihnen wieder zum Unfallwagen gefolgt war. „Mein Name ist Jost Timmersen."

„Bitte gehen Sie zurück zu Ihrem Wagen, Herr Timmersen, und warten Sie dort, wir zertrampeln hier zu viele Spuren", meinte Faber.

„Ja, natürlich, aber eines sollten Sie gleich wissen", erwiderte der Mann. „Ich glaube, dass der Unfall keine fünf Minuten her war, als ich hier ankam, doch ich war nicht der Erste an der Unfallstelle. Da ist eine Spur zum und vom Unfallwagen im Schnee. Jemand ist dort hin- und zurückgelaufen, da sind eindeutig Spuren im Schnee. Es muss schon jemand da gewesen sein und einfach wieder weggefahren, denn die armen Seelen in dem Wagen konnten nicht mehr laufen."

Rike und Faber sahen ihn zweifelnd an. „Sind Sie sich sicher?", hakte Rike nach.

„Klar, darum bin ich extra neben der anderen Spur gelaufen. Hier, sehen Sie", sagte er und zeigte auf eine zweite Spur, die neben denen verlief, die sie genommen hatten.

„Das war klug, ein Glück, das wir nicht dadurch getrampelt sind. Gehen wir alle zurück, bis die Spurensicherung da ist."

Mittlerweile war die Feuerwehr angekommen, doch Faber hielt die Männer zurück. Rike hatte sich mit Schorlau in Verbindung gesetzt und auch er hatte sich mit seinem Team sofort auf den Weg gemacht. Steiner und Husman waren inzwischen eingetroffen und fielen Rike vor Erleichterung erst einmal um den Hals.

Steiner klopfte Faber freundschaftlich auf die Schultern. „Sie haben uns einen gehörigen Schreck eingejagt", meinte er dann etwas verlegen wegen seiner Vertrautheit.

„Danke, Steiner, ich muss sagen, das alles haut mich auch etwas um", gab Faber zu. „Trotzdem, nehmen Sie bitte das Protokoll von Herrn Timmersen auf und sichern Sie die Unfallstelle mit Sperrband."

„Chef, das ist doch kein Tatort, warum absperren?", fragte Steiner dann und auch Husman blickte erstaunt auf.

„Irgendwas stimmt mit dem Unfall nicht. Erstens ist jemand vor Herrn Timmersen an der Unfallstelle gewesen und hat sich wieder entfernt, ohne den Unfall zu melden, und zweitens verstehe ich nicht, warum die junge Streifenbeamtin tot ist", erwiderte Faber.

„Wieso, was meinst du?", drängte Rike, sie hatte die tote Kollegin nicht richtig gesehen und wusste daher nicht, warum er das dachte.

„Als ich ihren Puls suchte, sah ich, dass ihr Genick gebrochen ist, obwohl sie angeschnallt und der Airbag aufgegangen war", erklärte Faber. „Bei einem solchen Aufprall würde man eher an inneren Verletzungen sterben, vom Gurt oder einem Schädeltrauma durch einen ungünstigen Airbag-Aufprall. Doch ein Genickbruch? Dafür müsste die Fahrerin beim Aufprall ihren Kopf schon in einem eigenartigen Winkel gehalten haben. Doch überlassen wir das Schorlau."

„Faber, hörst du hier Flöhe husten, weil es unser Wagen war?", fragte Rike, die seinem Gedankengang nicht folgen wollte. Dafür war sie noch viel zu geschockt, denn wenn der Wagen heute Morgen normal angesprungen wäre, wären sie beide vielleicht jetzt tot.

„Keine Ahnung. Mag schon sein", räumte Faber unruhig ein. „Doch lieber verschwende ich hier ein paar Steuergelder, indem ich Schorlau darauf ansetze, anstatt zu akzeptieren, dass diese beiden jungen Kollegen einfach so in unserem Wagen gestorben sind." Er seufzte und sah wieder rüber zu den Überresten ihres Passats. „Wieso waren sie überhaupt im Wagen, der sprang doch gar nicht an, und wie sind sie ausgerechnet hier von der Straße abgekommen?", murmelte er nachdenklich, denn der Streckenabschnitt sah selbst bei Schnee nicht gefährlich aus.

***

Nachdem die Spurensicherung am Unfallort fertig war und Schorlau die Leichen der beiden Kollegen mitgenommen hatte, schleppte die Feuerwehr das Fahrzeug in die technische Untersuchung. Steiner und Husman waren wieder nach Emden gefahren, um sich endlich um die Containerschiffe zu kümmern, die in den letzten zwei Wochen auch nur in der Nähe von Helgoland waren. Außerdem hatte Faber sie auf Firmen im nördlichen und östlichen Europa angesetzt, bei deren Produktion große Mengen von Dünnsäure als Abfallprodukt entstanden. Er selbst und Rike waren ins Krankenhaus gefahren, um noch einmal mit Jule Nordhäuser zu sprechen. Man hatte sie für einen weiteren Tag zur Beobachtung dortbehalten. Beide waren immer noch tief betroffen von dem Unfall, als sie in Jules Krankenzimmer gingen.

„Geht es Ihnen heute ein wenig besser?", fragte Rike die blasse junge Frau. Jules Mutter saß neben ihrem Bett und hielt ihre Hand.

„Geht schon, ich wollte eigentlich nach Hause, aber die Ärzte meinten, ich hätte einen Schock, und da ich notorisch einen relativ niedrigen Blutdruck habe, soll ich noch eine Nacht bleiben", erwiderte Jule tapfer. Ihre Augen waren rot vom vielen Weinen. „Wie ist Jens gestorben?", fragte sie plötzlich und ihr Blick wurde wieder glasig.

Faber ergriff die Streben am Fußende des Bettes. „Er wurde in der Leyhörn angespült, wir kennen die genaue Todesursache noch nicht", sagte er behutsam, er wollte unter keinen Umständen die Verstümmelungen ansprechen. „Könnten wir Ihnen ein paar Fragen stellen, fühlen Sie sich dem gewachsen?" Jule nickte nur und ihre Mutter sah sie besorgt an. „Wir haben von Jens' Eltern erfahren, dass er an einem Artikel arbeitete, mit seinem Kommilitonen und Zimmergenossen, diesem Martin Wegener. Kann es sein, dass Jens und Martin gemeinsam an dem Umweltskandal gearbeitet haben?"

„Ja, das kann schon sein, obwohl ich Jens immer sage, dass Martin ein Trittbrettfahrer ist und ihn intellektuell nur ausnutzt", sagte sie mit belegter Stimme und benutzte immer noch das Präsens, wenn sie von Jens redete. „Ich kann Martin nicht leiden, wenn ich ehrlich bin."

„Warum?", warf Rike ein.

„Sohn reicher Familie, der braucht weder ein Stipendium noch BAföG. Auch hat der noch nie etwas von der Mindeststudienzeit gehört." Jule war richtig laut und zornig geworden.

„Bitte, Jule, rege dich nicht so auf, das ist nicht gut für dich", sagte ihre Mutter sofort und Jule holte tief Luft. „Du weißt doch, was dann passiert!"

„Vielleicht bin ich zu negativ, doch mich stört seine großkotzige Art", fügte Jule erschöpft an.

„Dann ist es möglich, dass Martin von Jens' Aktion wusste?", vergewisserte sich Faber noch einmal. Eigentlich tat ihm die junge Frau leid, sie sah so zerbrechlich aus und er bedauerte es, sie mit den Fragen zu belästigen.

„Vielleicht, Martin tat ja immer so, als ob aus Jens und ihm mal Bernstein und Woodward werden würden und beide ihre eigene Watergate-Affäre aufdecken könnten", Jule seufzte. „Jens war nicht so blauäugig, er hat immer hart für sein Studium gearbeitet und war ernsthafter, wenn er recherchierte. Na ja, seine Eltern sind nicht reich, er finanzierte alles alleine. Martin hingegen wurde die Kohle nur so nachgeschmissen.

Außerdem ist er ein Frauenheld, sieht ein bisschen aus wie Tom Cruise und fährt einen Porsche, der lässt nichts anbrennen."

„Wo finden wir Martin Wegener?", fragte Rike und zückte ihr Notizbuch, um die Adresse zu notieren. Jule gab ihnen die Adresse von Martins Eltern, die eine Villa in Norden bewohnten.

„Nur noch eine Frage, dann können Sie sich wieder ausruhen", meinte Faber einfühlsam. „Würden Sie uns den Schlüssel zu Ihrer Wohnung überlassen, damit wir uns dort umsehen können? Sie sagten, dass Jens bei Ihnen wohnte, wenn er hier war."

„Natürlich", meinte Jule und wandte sich an ihre Mutter. „Mama, kannst du dem Kommissar deinen Schlüssel geben, dann komme ich morgen mit meinem rein." Sofort kramte Frau Nordhäuser in ihrer Tasche und löste einen Schlüssel von ihrem Bund, um ihn Faber zu geben.

„Danke", sagte Faber und steckte den Schlüssel ein.

„Hat Jens seinen Laptop, sein Tablet oder sein Handy vielleicht in Ihrer Wohnung gelassen? Bei seinen Eltern war nichts zu finden", fügte Rike noch an, bevor sie sich zum Gehen wandten.

„Nein, das hat er alles mitgenommen, aber sehen Sie sich ruhig um."

Die Durchsuchung von Jules Wohnung hatte nichts gebracht, außer dass man Jens' Begeisterung für Journalismus in jedem Zimmer sah. Die einschlägigen Werke der Pulitzer-Preis-Gewinner für investigativen Journalismus standen in den Bücherregalen, außerdem hatte sie im Wohnzimmer unter anderem ein Filmplakat aufgehängt, das Robert Redford und Dustin Hoffman als die Journalisten des Films *Die Unbestechlichen* zeigte. Doch es gab weder schriftliche Aufzeichnungen über einen Umweltskandal, noch war Jens' Computer oder sein Telefon zu finden. Jedoch entdeckten sie in einer Schublade ein Foto, das Jens mit einem anderen Mann auf einem Boot zeigte, der wohl Martin Wegener war. Er trug eine Sonnenbrille und genau wie Jule gesagt hatte, hatte er große Ähnlichkeit mit diesem Filmschauspieler.

Zurück auf dem Revier gab es keine Neuigkeiten über den Verbleib von Jens Stroms altem rotem Toyota Corolla, den sie bereits am Freitag zur Fahndung ausgegeben hatten. „Friedhelm, Torben, kommen Sie doch mit Rike in mein Büro, dann können wir gemeinsam erörtern, was Sie rausgefunden haben", meinte Faber im Großraumbüro. „Danach machen wir Schluss für heute, es schneit schon wieder und nach dem Desaster von heute Morgen sollten wir alle nicht zu spät zu Hause sein."

„Mit was sollen wir anfangen, Chef?", fragte Friedhelm Steiner, nachdem sich alle um Fabers Schreibtisch versammelt hatten.

„Mit den Firmen, bei denen Dünnsäure anfällt", schlug Faber gerade vor, als sein Telefon klingelte. „Einen Moment bitte", meinte er an Friedhelm gewandt und meldete sich. Er hörte ein paar Sekunden zu, dann entglitten ihm die Gesichtszüge. „Halt, Schorlau, ich stell dich auf Lautsprecher, wiederhole das noch mal."

„Es war definitiv Mord", dröhnte Schorlaus Stimme durch den Telefonlautsprecher. „Die Streifenbeamtin Sabine Konrad wurde ermordet, sie starb nicht durch den Autounfall."

„Wie bitte", entwich es Rike entsetzt.

„Ja, Frau Waatstedt, unter normalen Umständen hätten wir das wahrscheinlich nie mitbekommen, doch weil Ihr Chef unbedingt eine genaue Obduktion wollte, ist es klar geworden", konkretisierte Schorlau sofort, ohne seinen sonst so typischen Zynismus durchleuchten zu lassen. „Ich habe zusammen mit den Technikern, die den Unfallwagen untersuchten, den Hergang rekonstruiert. Danach hätte Ihre Beamtin bei dem Unfall nie einen Genickbruch erlitten. Außerdem fand ich Prellungen am Kinn, wie sie entstehen, wenn man eine Nahkampftechnik durchführt."

„Du meinst diesen Würgegriff, mit Fixierung am Kinn, während die zweite Hand den Kopf seitlich nach hinten reißt?", fragte Faber rhetorisch. „Das ist eine Militärtechnik!"

„Ja, Mossad, Speznas, CIA und jede militärische Eliteeinheit kennen diese Tötungstechnik. Auch das organisierte Verbrechen", bestätigte Schorlau todernst. „Wir haben da mal ein bisschen recherchiert, bewusstlose oder angeschlagene Opfer kann man so schnell und effektiv töten."

„Aber warum sollte jemand die Streifenpolizistin töten?", fragte Friedhelm Steiner etwas zu schnell und vor allem naiv.

„Weil sie in unserem Wagen saß", mutmaßte Faber kleinlaut.

„Oh Gott", sagte Rike. „Jemand hatte es auf uns abgesehen. Irgendwer hat an diesem Montagmorgen auf uns, mich und Faber, gewartet, den Wagen von der Straße gedrängt und unsere verletzte Kollegin im Wrack ermordet."

„Das erklärt auch, warum sie dort von der Straße abkamen. Trotz des Schnees wäre es nur zu einem Unfall gekommen, wenn man einem Hindernis hätte ausweichen müssen. Der Zufall wollte es, dass unser Wagen nicht ansprang und wir dann den Streifenwagen nutzten", füllte Faber die Lücken.

„Aber wieso funktionierte Ihr Wagen plötzlich wieder?", fragte Husman.

„An der Verteilerkappe waren Fingerabdrücke von der Beamtin, sie kannte sich wohl mit Autos aus. Wahrscheinlich war die Kappe nur nass geworden bei der Witterung und sie hat das gemerkt und behoben", erklärte Schorlau. „Ich vermute, die beiden jungen Kollegen sind hinter Faber und Frau Waatstedt hergefahren, um sie noch auf der Landstraße zu erwischen und dann die Autos wieder zu tauschen."

„Dann hat also jemand gewartet, kannte unser Auto und dachte, dass es sich bei den beiden im Wagen um uns handelte. Ein anderer Wagen hätte die beiden leicht von der Straße drängen können", dachte Rike laut.

„So würde ich das auch sehen, denn es erklärt die erste Spur im Schnee. Jemand ging nach dem Unfall zum Wagen, tötete Sabine Konrad, prüfte, ob ihr Beifahrer ebenfalls tot war, und ging dann zurück", spekulierte Schorlau weiter. „Die Spuren im Schnee gehören zu Springerstiefeln Größe achtundvierzig. Es gibt eine Korrelation zwischen Schuhgrößen und Körpergrößen, ihr sucht eine Person, die mindestens ein Meter neunzig groß ist", fügte Schorlau an. Es entstand eine kurze Pause, dann sagte er mit tragender Stimme: „Das war kein Ersthelfer, das war ein Killer!"

***

Seit Schorlaus Hiobsbotschaft war sowohl Fabers als auch Rikes Maß des Ertragbaren voll. Faber sammelte die Unterlagen von Steiner und Husmans Recherche ein und bestand darauf, nach Hause zu fahren. Da die Presse bisher nur einen kurzen Kommentar ihres Pressesprechers aus Oldenburg erhalten hatte, der nichts hatte weiter verlauten lassen, als dass zwei Polizisten bei einem Verkehrsunfall umgekommen waren, hielt Faber es für sicher genug, mit Rike allein nach Hause zu fahren. Sie nahmen sich einen der Streifenwagen aus dem Fuhrpark und er überließ ihr das Steuer. Als sie gegen acht Uhr im Lüttje Enn ankamen, waren beide Häuser dunkel, denn Opa Knut hatte heute seinen Skatabend. Anscheinend hatte sich die Greetsieler Gerüchteküche noch nicht bis zu Knut vorgearbeitet und er wusste bis jetzt nichts von den Vorgängen des heutigen Morgens. Andernfalls hätte er sehnlichst auf sie beide gewartet.

Eine unheimliche Stille hatte sich über den vage beleuchteten alten Schulhof gesenkt und der Schnee fiel wieder im trüben Licht der Straßenlaterne. „Komm mit zu mir, bis Knut wieder zu Hause ist", schlug Faber vor. Auch wenn er mehr an Rikes Sicherheit dachte, sagte er zu ihrer Beruhigung: „Wir können noch durch die Unterlagen unserer Kollegen gehen."

„Und über die Sache sprechen, das ist wohl wichtiger", meinte Rike und stieg aus dem Wagen. Sie folgte ihm in die Alte Schule und setzte sich an seinen Esstisch. Faber schloss die Läden der Fenster, die auf den Hof führten; etwas, das er

66

sonst nie tat. Dann füllte er zwei Cognacgläser mit Armagnac und setzte sich zu ihr. Obwohl es warm war in dem gemütlichen Wohnzimmer, fröstelte es beide und ohne ein Wort zu sprechen, leerten sie langsam ihre Gläser.

„Glaubst du wirklich, die beiden Kollegen mussten wegen uns sterben?", ergriff Rike leise das Wort. Ihre Stimme zitterte etwas.

„Rike", ermahnte Faber sie. „Sie mussten nicht wegen uns sterben. Wenn das alles stimmt, dann starben sie, weil jemand uns beide aus dem Weg räumen wollte. Es ist nicht unsere Schuld."

Plötzlich traten Rike Tränen in die Augen und sie schlug die Hände vors Gesicht. Faber stand sofort auf und zog sie hoch von ihrem Stuhl, dann nahm er sie in den Arm und strich über ihr Haar. „Sch, alles ist gut, ich bin bei dir", flüsterte er.

„Tut mir leid", schluchzte sie und war dankbar für seine Zuwendung. „Das war alles zu viel heute. Was ist denn hier bloß los? Wir sind in Greetsiel und nicht in Frankfurt, so etwas passiert doch nicht bei uns", murmelte sie mit ihrem Gesicht an seine Brust gepresst.

Er hob ihr Kinn an und dann wischte er mit seinen Fingern ihre Tränen weg. „Ich hab auch Angst, doch weißt du, wie ich die überwinde?" Rike schüttelte den Kopf. „Ich werde wütend auf die Leute, die so etwas tun, und setze mich auf ihre Spur."

Rike löste sich und kramte ein Tempo aus ihrer Hosentasche, um sich die Nase zu putzen. „Tut mir leid, Faber, ich verhalte mich wie ein dummer Teenager."

Er lächelte sie an. „Steht dir ab und zu ganz gut, mal nicht die taffe Polizistin raushängen zu lassen. Komm, wir setzen uns auf die Couch", erwiderte er und zog sie mit sich. Dann drückte er sie regelrecht runter und legte eine Wolldecke über ihre Beine. „Ich glaube, wir können beide noch etwas vertragen, was meinst du? Ich gehe in den Keller und hole eine Flasche Wein hoch, wir machen ein bisschen Musik und reden über etwas ganz anderes."

Faber hatte eine Flasche Pinot Noir aufgemacht und etwas Käse und Brot auf den Couchtisch gestellt. „Gut, wir lassen es für heute einfach, wie es ist. Reden wir über etwas anderes, du darfst dir aussuchen, über was", munterte er sie auf. Rike lächelte schon wieder ein bisschen und griff nach ihrem Weinglas.

„Ich darf es mir aussuchen?", fragte sie ernst und zog die Beine auf die Couch.

„Ja, du darfst", bestätigte er. Mittlerweile klangen leise Chopins Präludien aus den Lautsprechern.

„Dann wirst du böse auf mich", erwiderte sie unsicher.

Doch er schüttelte nur den Kopf. „Nein, nicht heute!"

„Bitte sag mir, warum man dich von Frankfurt strafversetzt hat", meinte sie etwas kleinlaut. „Bitte, Faber, ich mag dich, du bist nicht nur mein Chef, du bist mittlerweile ein Freund. Aber ich habe das Gefühl, wenn ich das nicht weiß, dann steht etwas zwischen uns."

Faber sah sie skeptisch an und schluckte sichtlich. „Also gut, ich hab versprochen nicht böse zu sein", druckste er ein wenig herum. „Doch muss das sein? Ich hatte auch einen harten Tag, das würde es für mich nicht leichter machen."

„Vielleicht doch, wenn es erst einmal raus ist, fühlst du dich vielleicht auch besser", warf sie ein und legte ihre Hand auf seinen Arm. „Bitte, Richard!"

Er sah sie eine Weile an, dann trank er einen großen Schluck Rotwein und stellte das Glas auf den Tisch. Er stand auf und ging zu seiner Schallplattensammlung, griff in eine der Schubladen und kam dann mit einem Aschenbecher und Zigaretten zurück. Doch er hielt noch etwas anderes in der Hand, es war ein silberner Bilderrahmen. Faber zündete sich eine Zigarette an und reichte ihr dann das Foto. Man sah ihn darauf, wie er glücklich in die Kamera lächelte, eine unglaublich schöne Frau mit langen braunen Haaren schmiegte sich an ihn. Sie war eindeutig schwanger.

„Oh nein, deine Freundin! Ist ihr und dem Kind was passiert?", meinte Rike verlegen, als sie das Bild betrachtete.

Er hatte ihr letztes Jahr einmal erzähl, dass er einer Frau einen Heiratsantrag gemacht hatte, doch sie hatte abgelehnt. Mehr war damals nicht aus ihm rauszubekommen.

„Meine Fast-Frau", entgegnete er. „Das ist Bea, Beatrice Kanderrath. Sie war fünf Jahre meine Freundin, dann wurde sie schwanger und ich machte ihr einen Heiratsantrag", schilderte er und seufzte. „Als sie schwanger wurde, lebten wir in meiner Eigentumswohnung in Frankfurt, in der Zeit erbte sie von ihrer Tante ein altes Bauernhaus im Taunus. Es war sehr baufällig, doch ich dachte, mit einem Kind wäre es besser, im Grünen zu leben, weg von der Großstadt, und so fing ich an, es zu renovieren. Ich steckte mein ganzes Geld da rein, nahm eine Hypothek auf die Eigentumswohnung auf. Ich und einige meiner Kumpels vom Revier arbeiteten jedes Wochenende daran und acht Monate später war es bezugsfertig. Ein Traum mit Kamin, Sauna, eingerichtetem Kinderzimmer und einem Garten mit Obstbäumen. Es sah fantastisch aus, ich hatte Fotos, doch bis auf dieses habe ich alle verbrannt."

„Ist Bea etwas passiert, dem Kind?", fragte Rike vorsichtig und legte wieder ihre Hand auf seinen Oberschenkel.

Faber lachte bitter auf. „Ja, es ist etwas passiert, aber nicht mit Bea. Sie wollte mich heiraten und wir planten eine große Hochzeitsfeier, sobald das Kleine ein paar Monate alt gewesen wäre. Bea legte Wert darauf, wieder schlank zu sein, um in einem eleganten Kleid getraut zu werden. Alles war bereits organisiert, dann erzählte ich ihr, dass ich um eine Versetzung gebeten hatte", meinte Faber und schüttelte den Kopf. „Ich hatte mich für die Ausbildung entschieden, wollte bei der Polizeischule in Wiesbaden als Ausbilder anfangen. Weißt du, Rike, ich dachte, Bea würde sich freuen. Ein ungefährlicher Job und vor allem mehr Zeit für meine Frau und mein Kind. Ich wollte raus aus der Tretmühle. Anstatt geisteskranke Mörder zu jagen, mich mit Drogentoten auseinanderzusetzen, hatte ich mich entschieden, Vater zu sein."

„Aber?", meinte Rike. „Sie muss sich darüber doch gefreut haben."

„Nein, denn ich wurde damals als nächster Kriminalrat gehandelt, stand kurz davor, zum Ersten Hauptkommissar befördert zu werden, was für mich eine enorme politische und gesellschaftliche Stellung bedeutet hätte. Vor allem wegen meines Alters", erwiderte er und trank wieder einen Schluck Wein. „Das wollte sie, gesellschaftlich anerkannt sein. Sich in Kreisen von Politikergattinnen vergnügen. Die Frau eines Kriminalrats sein!"

„Darüber habt ihr Streit bekommen?", ermutigte Rike ihn, weiter zu erzählen.

„Streit?", fragte Faber und lachte verletzt auf. „Sie hat mir ein Ultimatum gestellt, und als ich nicht darauf einging, sagte sie mir: „Gut, wie du willst. Dann brauche ich dir auch nichts mehr vorzumachen. Das Baby ist nicht von dir!"

Rike sah ihn entsetzt an. „Das hat sie doch nur so gesagt!"

Faber schüttelte den Kopf. „Leider bin ich mir nicht sicher. Du musst wissen, ich hatte mich auf dieses Kind gefreut, ihr während der Schwangerschaft jeden Wunsch von den Augen abgelesen. Ich habe sogar mit dem Kleinen gesprochen, als er noch in ihrem Bauch war. Doch ich wusste sofort, dass es stimmen könnte, als sie es aussprach. Ich habe diese Frau geliebt und war blind, mittlerweile glaube ich, Bea hat das Herz einer Hyäne."

„Dann hast du dich freiwillig nach Ostfriesland versetzen lassen?", hakte Rike nach.

„Nicht ganz", druckste er herum und zog an seiner Zigarette. „Denn weißt du, wenn Bea sich entscheidet, jemanden zu vernichten, dann tut sie es ganz und gar. Sie sagte mir, wer der angebliche Vater des Kindes war. Es war leider mein bester Freund und Partner bei der Kripo, Frank Kreiger. Ich kannte diesen Mann ewig, vertraute ihm alles an, er war wie ein Bruder für mich. Tja, Bea meinte, dass er bestimmt einen guten Kriminalrat abgeben und sie auch gerne heiraten würde, da sie immer noch ein Verhältnis miteinander hatten", erklärte er und drückte seine Zigarette etwas zu heftig im Aschenbecher aus. „Es fehlte nicht viel und ich hätte sie in dem Moment fast

70

geschlagen. Stattdessen bin ich aus dem Haus gestürmt, aufs Revier gefahren und habe meinen besten Freund ohne eine Erklärung krankenhausreif geschlagen."

„Oh nein!", entfuhr es ihr, obwohl sie sich gut vorstellen konnte, dass in solch einer Situation selbst der besonnenste Mensch durchdrehen konnte.

„Oh doch! Ich wurde suspendiert, auf der Stelle. Mein Boss, dem ich viel zu verdanken habe, verstand zwar die Situation, als ich sie erklärte, denn er kannte mich und Bea auch privat. Doch er konnte erst einmal nichts machen, weil wir nicht wussten, ob Frank Anzeige gegen mich erstatten würde."

„Was hast du getan?"

Er zog die Augenbrauen hoch und blickte peinlich berührt in sein Glas. „Ich bin erst einmal in ein Hotel und habe mich drei Tage betrunken. Dann bin ich zu unserem Haus gefahren und wollte ein paar Sachen von mir holen." Faber sah Rike an, sein Gesicht spiegelte alle möglichen Gefühle, von Zorn, über Trauer und immer noch eine gewisse Fassungslosigkeit. „Die Schlösser waren bereits ausgetauscht, ich klingelte Sturm und dann öffnet mir Frank die Tür. Blaugeschlagen und mit einem eingegipsten Arm, stand er mir völlig unverschämt gegenüber. Er sagte, Bea wolle mich in ihrem Haus nicht mehr sehen, und wenn ich jetzt kein Theater machen würde, dann würde er die Körperverletzung nicht zur Anzeige bringen."

„So ein Schwein!", entwich es Rike. „Die beiden haben sich verdient."

„Eigentlich war Frank nie so, doch Bea kann jeden Mann vergiften. Du hast gesehen, wie sie aussah, jeder auf dem Revier beneidete mich um meine Freundin und war gleichzeitig scharf auf sie, da bildete Frank keine Ausnahme."

„Aber das Haus, du hast so viel Arbeit und Geld da reingesteckt."

„War alles verloren. Ich musste ihr alles lassen, nur so konnte ich meinen Job behalten. Hätte Frank mich wegen schwerer Körperverletzung angezeigt, dann wäre es das für mich als Polizist gewesen", sagte Faber leise. „Sie stellte mir meine

Klamotten vor die Tür und das war es." Faber schüttete sich ein weiteres Glas Pinot ein. „Ich besorgte mir eine Matratze und hauste in der leeren Eigentumswohnung, die ich eigentlich schon zum Verkauf angeboten hatte. Mein Boss zog mich zwei Monate aus dem Verkehr. Ich bat ihn darum, mich ins hinterste Bayern zu versetzen oder nach Sachsen-Anhalt, es war mir ganz egal, doch ich konnte nicht mehr auf mein Revier zurück."

„So fand er diese Stelle in Emden für dich, richtig?", fragte Rike.

„Ja, das war die einzige Stelle, die so kurzfristig frei wurde, leider auf deine Kosten, denn sonst wärst du befördert worden. Es tut mir leid, Rike, doch ich musste aus Frankfurt weg!"

„Jetzt verstehe ich es, aber was ist mit all deinen Sachen, der Schallplattensammlung, ich dachte, Bea hätte alles im Haus behalten?"

„Hat sie auch, doch nachdem ich die Alte Schule hier gefunden hatte, habe ich meine Eigentumswohnung verkauft, die Hypothek abgelöst und den Rest hier angezahlt", erklärte Faber. „Dann bin ich mit ein paar Kumpels vom Revier, die die Geschichte mitbekommen hatten und auf meiner Seite standen, eines Nachmittags mit einem Umzugswagen zu unserem alten Haus. Ich wusste, dass Frank und Bea nicht da waren, und ich habe das Schloss geknackt. Alle meine Möbel und den Rest, der mir gehörte, hatten wir innerhalb einer Stunde ausgeräumt und dann bin ich gleich hier hochgefahren. Bea hat es hingenommen, ich denke, dass Frank mit seinem Kram dort eingezogen ist und sie meine Sachen gar nicht wollte. Jedenfalls hielten die beiden die Füße still."

„Und das Kind? Bist du dir sicher, dass es nicht deines ist?", fragte Rike.

„Nein, das bin ich nicht, denn Bea hat ihre Karten immer so gespielt, wie sie es für notwendig hielt. Ich habe gehört, sie ist mittlerweile mit Frank verheiratet. Bea hat einen Sohn geboren und Frank ist jetzt in den Startlöchern, um der nächste Kriminalrat Frankfurts zu werden. Meine Beförderung zum

Ersten Kriminalhauptkommissar hat er auf jeden Fall bekommen", schloss Faber seinen Bericht.

Rike nickte. „Es tut mir so leid für dich."

Er schwieg für einen Moment, dann versuchte er seine Gefühle in Worte zu fassen. „Deshalb bin ich vorsichtig mit Freundschaften und Nähe, Rike. Doch du und Knut, ihr respektiert so etwas glücklicherweise nicht. Ihr habt mich einfach überrumpelt und mittlerweile bin ich ganz froh darüber. Du kannst dir nicht vorstellen, wie verbittert ich war. Mein engster Freund und die Frau, die ich liebte, haben mich hintergangen. Ich hasste beide dafür, aber auch mich selbst!"

Rike sah ihn lange an, dann stellte sie ihr Glas auf den Tisch und schlang ihre Arme um seinen Hals, drückte ihn fest an sich. Faber zuckte nur kurz zurück, dann ließ er es geschehen und atmete tief ein. Als sie ihn wieder losließ, nickte sie ihm aufmunternd zu und sagte: „Doch, ich kann es mir vorstellen. Danke, dass du so ehrlich warst!"

Kapitel 5

Am folgenden Morgen waren Rike und Faber bereits gegen sieben Uhr ins Büro gefahren. Sie waren übereingekommen, Knut nicht die ganze Wahrheit über den geplanten Mordanschlag zu erzählen, er hatte sich schon genug aufgeregt, als er gegen halb zwölf gestern nach Hause gekommen war. Natürlich arbeitete einer der Söhne seiner Skatbrüder bei der Feuerwehr und dass Fabers Dienstwagen in den tödlichen Unfall verwickelt war, blieb nicht lange ein Geheimnis in Greetsiel. Zwar war Knut zu klug, um ihre Geschichte einfach so zu schlucken, doch erstaunlicherweise hatte er sie nicht weiter mit Fragen gelöchert.

Faber hatte mit Rike das Whiteboard, das so gut wie nie genutzt wurde, aus dem Großraumbüro in sein Zimmer getragen. Beide hatten begonnen, Fotos aufzukleben und Fakten darauf zu sammeln. In der Mitte klebte ein Bild von Jens Strom, darüber eines von Jule Nordhäuser und neben diesen das Foto von Martin Wegener, welches Faber aus Jules Wohnung mitgenommen hatte. Auf der rechten Seite hatten sie ein Bild von Helgoland, mit der Liste der Produktionsfirmen, die eventuell für die Verklappung infrage kamen, geheftet. Genauso wie die Namen der Containerschiffe, die zum mutmaßlichen Zeitpunkt der Verklappung durch das Skagerrak gefahren waren. Auch ein Bild der Spurensicherung ihres verunglückten Passats hing unter dieser Kategorie. Links hatten sie unter einem großen Fragezeichen Stichwörter geschrieben: Kränkung und Verletzung des Selbstwertgefühls, materielle Bereicherung, Rache, sexuelle Motive, Eifersucht, Hass, Liebe. Die ersten drei Gründe waren die klassischen Motive für Mord, die dann durch eine Unterkategorie erweitert wurden und mittlerweile durch Polizeistatistiken und Profiler belegt waren. Natürlich kam noch der typische Serientäter hinzu, doch da dies im Fall Jens Strom sehr abwegig erschien, hatten sie diese Möglichkeit vernachlässigt.

Gegen halb neun bat Faber auch Steiner und Husman in sein Büro. „Also, Fakt ist, wir haben einen Mord und eine verstümmelte Leiche, die irgendjemand in der Nordsee entsorgt hat", begann Faber, während seine Kollegen ihre Kaffeehumpen angespannt in ihren Händen drehten. Er war aufgestanden und klopfte mit der flachen Hand auf Jens Stroms Foto. „Ein anderer Fakt ist, wir haben jemanden, der illegal Dünnsäure bei Helgoland verklappt." Dabei zeigte er auf die Liste der Produktionsbetriebe. „Doch da hören unsere Fakten erst einmal auf."

Jetzt stand Rike auf und ging zum Whiteboard. „Kommen wir jetzt zu den Spekulationen, dafür bin ich Experte", meinte sie und erlaubte sich ein kleines Lächeln. Faber war froh, das zu sehen, und grinste ihr zu. „Ob diese Firmen die Verklappung selbst vornehmen, ist fraglich, wahrscheinlich haben sie dafür jemanden vom organisierten Verbrechen angeheuert. Wenn es sich um die Mafia handelt, dann würde unser Toter in deren Modus Operandi fallen, die Verstümmelungen sind typisch, um eine Identifizierung zu verzögern oder unmöglich zu machen. Ohne Jens' prägnantes Muttermal und den Zufall, dass wir ausgerechnet Jule Nordhäuser begegnet sind, hätten wir ihn wahrscheinlich heute noch nicht identifiziert."

„Und dann haben wir den Unfall unserer jungen Kollegen. Schorlau ist sich sicher, es war Mord, dennoch sollten wir damit noch etwas vorsichtig sein", stieg Faber an dieser Stelle wieder ein. „Ich würde diese Vermutung gerne noch als Spekulation im Raum stehen lassen. Stimmt es jedoch, haben wir wieder einen Hinweis auf das organisierte Verbrechen, durch die Art und Weise, wie Polizeiwachtmeister Sabine Konrad gestorben ist", meinte er und nippte an seinem Kaffee. „Ein weiterer Fakt ist, dass Jule Nordhäuser aussagte, dass Jens journalistisch an einem Umweltskandal arbeitete. Er könnte also dieser Müllmafia in die Quere gekommen sein."

„Dadurch, dass der Chef und ich herumgestochert haben, was Dünnsäureverklappung angeht, könnte das organisierte Verbrechen irgendwie Wind davon bekommen haben und für den tödlichen Unfall verantwortlich sein. Man wollte uns aus dem Weg räumen und erwischte unsere jungen Kollegen, wieder durch einen Zufall", sagte Rike. Bei ihren Worten war der kurze Anflug von Humor wieder wie weggeblasen. Auch wenn sie sich gegenüber ihren beiden Kollegen tapfer schlug, sah Faber ihr an, dass sie noch immer verstört und ängstlich war.

„Dann darf ich jetzt mal die Spekulation zusammenfassen", sagte Faber abschließend. „Jens Strom könnte einem enormen Umweltskandal auf die Schliche gekommen sein, den er beweisen und veröffentlichen wollte. Dabei könnte er vom organisierten Verbrechen erwischt, getötet und verstümmelt worden sein. Dadurch, dass Rike und ich in der Hinsicht Fragen stellten, hätte jemand einen Mordauftrag für uns befehlen können. Doch anstatt unseres Lebens erwischte es die Kollegen." Faber ging auf die andere Seite des Whiteboards und zeigte auf das Fragezeichen. „Jedoch sollten wir nicht außer Acht lassen, dass Jens Stroms Tod auch ganz andere Gründe haben könnte. Sie kennen selbst die drei wichtigsten Motive für Mord: Kränkung, Geld, Rache."

„KHK Faber", meldete sich Friedhelm Steiner zu Wort.

„Meine Güte, Friedhelm, nennen Sie mich Faber oder Richard, und das Gleiche gilt für Sie, Torben", unterbrach Faber ihn und sah dann Husman an. Seit er gestern mit Rike über sein Leben gesprochen hatte, fühlte er sich trotz der üblen Situation irgendwie besser. Es wurde Zeit, wieder Nähe zuzulassen, und mit seinen Mitarbeitern wollte er anfangen.

„Äh, gut, also Chef", stotterte Friedhelm, etwas aus dem Konzept gekommen, „verstehe ich Sie richtig, dass wir die Angelegenheit wie zwei unterschiedliche Fälle behandeln sollen?"

„Nicht nur das, Friedhelm", erwiderte Rike, die bereits alles mit Faber abgesprochen hatte. „Es sind eigentlich drei Ermittlungsstränge: erstens die Verklappung, zweitens der Mord an Jens durch die Mafia, die auch die Umwelt vergiftete, und drittens der mögliche Mord an Jens durch einen Mörder,

der gekränkt wurde, aus Rache, Liebe oder Eifersucht handelte. Faber und ich denken, dass Geld keine Rolle spielte bei dem Mord, denn bei Jens war nichts zu holen und sexuelle Motive schließen wir auch aus."

„Wir sind nur zu viert, darum müssen wir uns aufteilen", ergriff Faber wieder das Wort. „Aufgrund einer möglichen Gefährdung für Rike und mich werden wir beide weiter als Partner arbeiten. Friedhelm und Sie, Torben, bekommen jeweils einen Polizeimeisteranwärter zur Seite gestellt. So können die jungen Kollegen auch was lernen, denn eine Mordermittlung ist keine Alltäglichkeit für sie. Friedhelm, Sie fangen mit den Farb- und Chemieunternehmen von Ihrer Liste an. Alle, die hier in Norddeutschland ansässig sind, suchen Sie auf. Lassen Sie sich die Papiere und den Prozess zeigen, wie die ihre Abfalldünnsäure aufarbeiten. Wenn Sie hier nichts finden, müssen wir um Amtshilfe im Ausland bitten."

„Alls klaar, Chef", erwiderte Friedhelm.

„Torben, Sie und Ihre neue Partnerin werden sich um Helgoland und die Schiffe kümmern", wies Faber ihn an. „Alle Schiffe, die durch das Skagerrak gekommen sind, müssen Sie sich ansehen. Haben die Kutter entsprechende Tanks, die verklappen könnten, wer sind die Besitzer, Mannschaft und so weiter. Sie brauchen dafür Fingerspitzengefühl, denn wenn die nicht unter deutscher Flagge fahren, weiß ich nicht, was für Rechte wir haben, um sie zu durchleuchten."

„Das mach ich schon, Faber, keine Sorge", sagte Husman enthusiastisch. „Und Sie und Rike?"

„Wir machen zwei Dinge parallel", antwortete Rike. „Erstens grasen wir das private Umfeld von Jens Strom ab, diesen Martin Wegener, seine Uni und noch einmal die Familie. Außerdem kümmern wir uns um die Leute, die wussten, dass wir von der Verklappung geahnt haben, denn einer von denen muss die Information weitergeleitet haben, an Stellen, die unseren Tod wollen."

„Ihre neuen Partner werden etwa in einer Stunde hier ankommen", fügte Faber an. „Ich habe alles bereits mit dem

Ersten Kriminalhauptkommissar Friedrichs in Oldenburg abgesprochen. Er ist einverstanden, außerdem werden wir der Presse gegenüber erst einmal die Namen unserer toten Kollegen zurückhalten. Das verschafft mir und Rike Zeit, auch wenn Ostfriesland ein Dorf ist und viele schnell rausfinden, dass wir beide noch leben, so hoffe ich doch, die Mafia bekommt diese Information nicht so schnell", sagte Faber, dann lächelte er. „Wir besprechen uns jeden Abend vor Dienstschluss hier. Denn man to, Jungs", versuchte er sich auf Platt, das sich so falsch anhörte, dass alle drei grinsen mussten.

***

„Lass uns darüber nachdenken, mit wem wir über die Dünnsäureverklappung gesprochen haben, seit letzten Donnerstag", forderte Faber Rike auf. Sie waren auf der Bundesstraße 210 und bogen gerade auf die Loppersumer Straße ab, die sie hoch nach Norden bringen sollte. Rike hatte bei der Mutter von Martin Wegener angerufen und sicher-gestellt, dass Martin während der Semesterferien dort wohnte und heute im Hause war. Man erwartete sie in einer halben Stunde.

„Außer unseren Leuten und Opa waren das nicht viele", sagte Rike. Die Straßen waren an diesem Dienstagvormittag einiger-maßen geräumt, dennoch blies ein starker Wind den Schnee von den Feldern immer wieder auf die Fahrbahn. Wenigstens hatte es aufgehört zu schneien, doch dafür waren die Temperaturen weiter gefallen.

„Stimmt", antwortete Faber vom Beifahrersitz und drehte die Heizung noch etwas höher. „Klaus Pfänder, der Leiter von Greenpeace, und der Ingenieur vom WSA, Konstantin Wittsund. Natürlich weiß die Besatzung der Friesland auch Bescheid und die Leute, mit denen sowohl Pfänder als auch Wittsund geredet haben könnten."

Rike blies demonstrativ die Luft aus und dachte nach. Als sie an der Kreuzung des Grimersumer Neulands nach rechts abbog, sagte sie sehr überzeugt: „Beide sehr unwahrscheinlich. Ich bitte dich, jemand von Greenpeace soll mit Umweltverbrechern zusammenarbeiten? Und das mit dem WSA ist fast noch unwahrscheinlicher."

„Ich weiß", gab Faber zu und blickte über die Schneelandschaft. „Doch unsere Namen müssen explizit gefallen sein. Und diesem Pfänder haben wir sogar unsere Visitenkarten gegeben."

„Wir sprechen heute Abend mit Opa, ich hatte dir doch erzählt, dass ich als Teenager kurz bei Greenpeace gearbeitet habe. Knut jedoch war viele Jahre aktiv dabei, vielleicht kennt er Klaus Pfänder", schlug Rike vor.

„Gute Idee. Ich glaube, ich rufe in Oldenburg an und bitte einen Kollegen, die WSA-Mitarbeiter in Emden und besonders Konstantin Wittsund vorsichtig zu durchleuchten. Doch bei Wittsund kann ich es mir so gar nicht vorstellen, der hätte die Verklappung am liebsten sofort öffentlich gemacht. Wenn er der Informant wäre, hätte er daran doch kein Interesse."

„Aber er hat sich überreden lassen, uns zwei Wochen Stillschweigen zu gewähren", entgegnete Rike sofort. „Vielleicht war das nur eine Finte! Ein Ablenkungsmanöver." Faber zuckte mit den Schultern und rief dann in Oldenburg an, um die WSA-Mitarbeiter prüfen zu lassen.

Zwanzig Minuten später bogen sie in den Selden Rüst in Norden ein. Am Ende der Straße, in Höhe eines kleinen Sees, ging es links in eine private Sackgasse. Dort stand U-förmig eine mit Emslandklinkern verkleidete Villa. Rike parkte vor der Doppelgarage neben einem Porsche-Cayenne-Geländewagen. „Nett hier", meinte Faber etwas zynisch, denn sowohl das Haus als auch das Gelände zu dem privaten See wirkten protzig. Die Eigentümer hatten Geld und machten auch keinen Hehl daraus.

„Der Vater von Martin Wegener stammte aus eine Großbauernfamilie, der die Grundstücke der Hälfte Aurichs gehörten. Die gesamte Neustadt von Aurich wurde darauf errichtet. Er hat damals alles für einen Wahnsinnspreis an die

Stadt und das Land verkauft. Etliche Miethäuser und Ferienvillen in Norddeich gehören der Familie immer noch", erklärte Rike, denn sie hatte sich auf dem Revier schlaugemacht. „Die Familie Wegener hat Millionen auf der hohen Kante."

„Und Martin Wegener ist von Beruf Sohn und studiert nebenbei so ein bisschen", ließ Faber seiner Ironie freien Lauf. „Okay, vielleicht sollte ich etwas unvoreingenommener in die Befragung gehen", maßregelte er sich dann selbst.

Rike grinste. „Du magst Jule Nordhäuser, richtig? Hast dich von ihrer Antipathie gegen Martin anstecken lassen."

„Ich stamme halt auch nur aus einer armen Polizeibeamten-familie, mein Studium war jedenfalls selbst finanziert", quittierte er ihren Kommentar, ohne wirklich darauf einzugehen. Dann öffnete er die Autotür. „Komm, lass uns loslegen."

Sie waren kaum an der Haustür angekommen, da ging auch schon die Tür auf. Ihnen gegenüber stand eine Frau Mitte vierzig, schlank, blond und eindeutig geliftet. Selbst die teure Kleidung konnte über ihren schlechten Geschmack nicht hinwegtäuschen. Neureich, dachte Faber abwertend. „Sie müssen die beiden Kommissare aus Emden sein", sagte sie und bat sie herein. „Kommen Sie, Martin wartet bereits auf Sie, er ist am Boden zerstört. Jens' Schwester hat ihn gestern angerufen." Frau Wegener führte sie in das Wohnzimmer. Im offenen Kamin brannte ein Feuer, das gesamte Mobiliar war in Weiß gehalten und die große Fensterfront bot einen atem-beraubenden Blick auf den verschneiten Garten mit dem zugefrorenen See.

„Martin Wegener", sagte der junge Mann und stand von der Ledercouch auf, um ihnen die Hand zu schütteln. „Möchten Sie auch?", fragte er sofort und zeigte auf sein gefülltes Whiskeyglas.

„Bisschen früh dafür, außerdem sind wir im Dienst", lehnte Faber schärfer als gewollt ab.

„Tja", meinte Martin nur und lümmelte sich wieder auf die Couch. „Jedem das seine. Ich trinke jedenfalls auf Jens, die arme Sau!" Man konnte hören, dass dies heute Vormittag nicht sein erster Whiskey war, er klang bereits angetrunken.

„Martin, bitte reiße dich zusammen", sagte seine Mutter. „Kann ich Ihnen vielleicht Kaffee anbieten?", wandte sie sich an Rike. Ihr Sohn rollte die Augen und blickte seine Mutter abschätzend an.

„Ja, danke", bestätigte Rike, wobei sie eher die Mutter loswerden wollte, als Kaffee zu trinken.

„Sie waren Jens Stroms Freund und Kommilitone, richtig?", fragte Faber, nachdem er sich gesetzt hatte. Martin nickte, trotz des Alkohols wirkte er betroffen. „Könnten Sie uns sagen, an was für Recherchen Jens zuletzt arbeitete, oder wissen Sie, wo er sich aufhielt, die letzten Wochen vor seinem Tod?"

„Ach Jens, Jens!", murmelte er. „Ja, er war mein Freund. Wir haben viel zusammengearbeitet, doch dieses Mal hat er sich aufgeführt wie James Bond. Alles streng geheim!", sagte Martin und winkte ab. „Nein, ich weiß nichts, weder, an was er gearbeitet hat, noch, wo er war."

„Jule Nordhäuser meinte, Sie beide hätten viel zusammengearbeitet, und da wissen Sie nicht, was Jens vorhatte?", provozierte Rike ihn.

„Was diese blöde Funzel Jule sagt, ist mir schnuppe!", reagierte Martin mindestens genauso heftig, wie sie es bei Jule Nordhäuser erlebt hatten. Die beiden mögen sich wirklich nicht, dachte Faber.

„Und Sie, wo haben Sie sich am Wochenende des siebenundzwanzigsten Januar befunden?"

„Machen Sie Witze, das ist doch schon ewig her, woher soll ich das noch wissen?", erwiderte Martin schnoddrig.

„Zehn Tage", präzisierte Faber. „Es ist zehn Tage her und wir fragen Sie nach Ihrem Alibi, also nein, das ist kein Witz." In dem Moment war Frau Wegener wieder mit zwei Tassen Kaffee hereingekommen.

„Alibi, was soll das denn, mein Sohn braucht doch kein Alibi", empörte sie sich und knallte die Kaffeetassen so hart auf den Tisch, dass sie überschwappten. „Ich muss Sie bitten jetzt zu gehen, das ist doch unerhört. Ich rufe sofort meinen Mann."

„Mama, jetzt mach nicht so einen Aufriss, geh in deine Jogastunde oder lass dir noch etwas Botox spritzen, aber lass uns allein", knurrte ihr Sohn sie an. Frau Wegener drehte sich auf dem Absatz um und verschwand aus dem Wohnzimmer. „Sorry, die Frau ist ein bisschen neurotisch."

„Also noch mal, wo waren Sie?"

„Freitag, Samstag, Sonntag?", fragte er rein rhetorisch. „Wenn ich hier bin, dann lange im Bett, um meinen Alten aus dem Weg zu gehen, nachmittags bis abends beim Tennis und in der Sauna. Dann kurz essen, umziehen und ab zehn bin ich dann im Club. Das ist eine, die einzig brauchbare Disco hier und danach bin ich wahrscheinlich mit einer der ostfriesischen Schönheiten abgezogen." Er hatte das kaum ausgesprochen, da stürmte ein korpulenter Mann um die fünfzig ins Wohnzimmer.

„Was soll das, mein Sohn sagt nichts ohne seinen Anwalt. Wer sind Sie überhaupt, Sie können doch nicht einfach so hier auftauchen!"

„Mein Dad", meinte Martin voller Sarkasmus und stand mit seinem Glas auf. „Ich verzieh mich besser mal."

„Moment", schoss Faber sofort zurück und hielt den jungen Mann auf. „Ich bin Kriminalhauptkommissar Faber, das ist meine Kollegin Kommissarin Waatstedt und wir hatten uns bei Ihrer Frau für heute Morgen angemeldet. Wir führen hier eine Routinebefragung zum Tod von Jens Strom durch", meinte er an Wegener senior gewandt und sah dann streng auf Martin Wegener. „Wenn Sie darauf bestehen, einen Anwalt bei der Befragung dabeizuhaben, dann werden Sie, Martin Wegener, morgen um zehn Uhr ins Präsidium Emden kommen, mit oder ohne Anwalt. Das ist mir vollkommen egal. Bringen Sie eine Liste mit, wo Sie waren und mit wem Sie am Freitag, Samstag und Sonntag des Wochenendes siebenundzwanzigster Januar 2018 zusammen waren. Ich möchte jede Minute belegt haben und Namen und Anschrift der Zeugen, auch Ihrer ostfriesischen Schönheiten, wie Sie es ausdrückten."

„Jetzt machen Sie doch nicht so eine Welle", sagte Martin und verzog den Mund.

„Du hältst jetzt den Mund, du bist doch schon wieder betrunken", keifte ihn sein Vater an. „Kein Wort mehr und geh auf dein Zimmer, du Versager!" Dann sah er Faber und Rike streng an. „Mein Sohn und ich werden morgen auf dem Revier sein, mit Anwalt, und jetzt verlassen Sie bitte mein Haus."

„Nette kleine Familie", formulierte Rike es, als sie wieder im Wagen saßen, und startete den Motor. „Wobei ich mir nicht sicher bin, ob Martin wirklich der Problemfall ist oder eher sein Vater."

„Oder ob Martin zu einem Problemfall wurde, wegen seines Vaters und der Mutter", fügte Faber an. „Es stellt sich nur die Frage, ob Martin in der Lage wäre, jemanden zu töten und zu verstümmeln."

„Mein Bauchgefühl sagt: nein", erwiderte Rike überzeugt. „Wohin jetzt?"

„Weißt du was, wir fahren auf dem Rückweg zum Revier bei dir vorbei. Wenn Knut da ist, fragen wir mal, was er über Klaus Pfänder und Greenpeace zu erzählen hat", schlug er vor. „Außerdem bitte ich die Kollegen in Hamburg, bei Jens Stroms Campus vorbeizufahren. Die sollen sich sein Zimmer ansehen, eventuell finden die Unterlagen oder einen Laptop. Wir brauchen auch den Namen des Professors, der Jens bei seiner Bachelorarbeit begleitet hat."

„Aber Martin Wegener teilt sich doch das Zimmer in Hamburg mit Jens, brauchen wir dann nicht einen Durchsuchungsbefehl, nicht, dass Papa Wegener uns an den Karren fährt", gab Rike zu bedenken.

„Ein Mordopfer hat dort gewohnt, nein, wir brauchen keinen Durchsuchungsbefehl, und Wegener senior kann mir mal den

Buckel runterrutschen", erwiderte Faber schroff. „Fahr schon, worauf wartest du?"

***

„Wart ihr wieder in der Leyhörn oder habt ihr nur Kohldampf, dass ihr hier auftaucht?", knurrte Knut die beiden schlecht gelaunt zur Begrüßung an.

„Wat is denn löös mit di?", fragte Rike und setzte sich an den Küchentisch.

„Wat löös is, na de Unfall. Ji Schaapmoorsen!", erwiderte Knut und Faber stöhnte auf.

„Geht das auch auf Hochdeutsch, bitte!", sagte er und ließ sich ebenfalls auf den Küchenstuhl fallen.

„Opa ist böse wegen des Unfalls, war ja zu erwarten", seufzte Rike, ohne das Schimpfwort zu erklären.

„Ja, ich bin böse, wenn man mich zum Narren hält. Ich habe heute Morgen noch einmal mit dem Hannes sein Sohn gesprochen, der von der Feuerwehr. Der sagte mir, dass es bei dem Unfall nicht mit rechten Dingen zuging", erklärte Opa brummig. „Es war euer Wagen und jemand hat ihn von der Straße gedrängt, damit wart doch ihr gemeint!"

„Mensch Opa", versuchte Rike ihn zu beruhigen, doch Faber unterbrach sie.

„Schon gut, Rike. Wir können Knut nichts vormachen", Faber sah Knut an und nickte. „Es stimmt, Knut. Wir vermuten, jemand hat es auf uns abgesehen. Wir sind vorsichtig, versprochen, und ich lasse Rike nicht aus den Augen."

„Schwörst du das, mien Jung?", fragte Knut sofort. „Wer will euch an die Wäsche?", ließ er nicht locker.

„Ja, ich schwöre, aber mehr kann ich dir im Moment darüber nicht sagen, vertrau mir", fügte Faber an. „Doch du könntest uns bei der Sache helfen. Es geht um die Greenpeace-Gruppe in Emden, besonders um Klaus Pfänder. Weißt du etwas über ihn?"

84

Knut ging an den Küchenschrank, nahm zwei Kaffeehumpen und füllte sie mit dem frisch gebrühten Kaffee, dann setzte er sich zu ihnen. „Klaus Pfänder, ja, den kenne ich. Damals, als ich noch bei Greenpeace aktiv war, war er etwa Mitte, Ende zwanzig, ein Hitzkopf. War immer der Erste, wenn es um illegale Aktionen ging", fing Knut an zu erklären. Mittlerweile hatte er sich ein wenig beruhigt, dennoch verriet seine Miene immer noch Besorgnis. „Ich mochte den Jungen nicht, hatte immer den Eindruck, dass es ihm mehr um die Randale und das Ungesetzliche ging als um die Umwelt."

Faber nippte an seinem Kaffee. „Immerhin ist er jetzt der Vorsitzende von Greenpeace in Emden. Weißt du, er hat uns sogar eine kleine Rede gehalten, darüber, dass einige seiner jungen Leute gerne Gerüchte in die Welt setzen, was illegale Verklappungen in der Nordsee angeht. Weil sie die alten radikalen Zeiten vermissen."

Knut lachte auf. „Na, der hat es nötig. Er war ganz vorne, wenn es ums Steinewerfen ging. Hat sich damit seine Zukunft ganz schön verbaut."

„Wie meinst du das, Opa?"

„Er hat damals auf Lehramt studiert, wenn ich mich recht erinnere, sogar für Oberstufen", fuhr Knut fort. „Doch dann wurde er wegen schwerer Körperverletzung angeklagt, weil er bei einer Demo einen Polizisten massiv am Kopf verletzte. Euer Kollege verlor das Sehvermögen auf einem Auge und Pfänder bekam eine Haftstrafe ohne Bewährung. Abgesehen von der Entschädigungszahlung, die er ebenfalls leisten musste, war es mit seiner Verbeamtung als Lehrer und dem Herrn Studienrat vorbei. Soweit ich gehört habe, hat er danach als Nachhilfelehrer gearbeitet, musste aber auch einen ungelernten Job annehmen. Ich bin dann ein paar Jahre später beim aktiven Dienst von Greenpeace ausgetreten, weil dat Lüttje", dabei griff Knut Rikes Hand, „in ihre wilden Teenagerjahre kam. Da musste ich einfach mehr zu Hause sein."

„Du hältst ihn also für ein Schlitzohr. Kannst du dir vorstellen, dass er seine Prinzipien bei Greenpeace verraten und eine Giftmüllentsorgung decken würde?", fragte Rike geradeheraus.

„Mien Deern, da fragst du mich zu viel. Steckt nicht in jedem von uns ein potentieller Verbrecher? Es kommt nur darauf an, in welcher Lebensnotlage man sich befindet."

***

„Park vor dem Revier und bleib dort, bis ich wieder da bin", wies Faber Rike an, als sie den Bahnhofsplatz in Emden erreichten. Sie fuhr kurz auf den Bürgersteig vor das Polizeigebäude. „Ruf noch mal in Hamburg und in Oldenburg an, vielleicht haben die Kollegen schon Neuigkeiten."

„Und du?"

„Ich fahre schnell bei Jule Nordhäuser vorbei, sie sollte jetzt wieder aus dem Krankenhaus sein, ich will ihr nur den Schlüssel zurückgeben."

„Du hast doch eine Schwäche für die Kleine. Die ist viel zu jung für dich", stichelte Rike, dann wurde sie ernst. „Hör mal, Faber, du hast zwar Opa versprochen auf mich aufzupassen, aber wer passt auf dich auf? Wir sollten zusammenbleiben."

„Keine Sorge, du erinnerst dich, ich bin derjenige von uns beiden, der zur Not schießen kann. Bitte bleib auf dem Revier, es dauert nicht lange", erwiderte Faber, doch als sie das Gesicht verzog und sich nicht rührte, sagte er hart: „Das ist ein Befehl deines Hautkommissars, kapiert?" Rike schnaufte ungehalten und stieg aus. Er wartete, bis sie im Gebäude verschwunden war, und rutschte dann rüber auf den Fahrersitz.

„Ah, Sie sind es", sagte Jule Nordhäuser erfreut, als Faber vor der Tür stand. „Kommen Sie doch rein." Die junge Frau sah heute schon viel besser aus, hatte endlich wieder etwas Farbe im Gesicht.

„Ich will Sie nicht stören, nur Ihren Schlüssel zurückgeben."

„Unsinn, Sie stören nicht, Herr Faber, kommen Sie." Er folgte ihr in das kleine Wohnzimmer, sie hatte gerade gelesen und er blickte auf das Buch, das auf dem Couchtisch lag.

„Ein Theaterstück von Tennessee Williams, Endstation Sehnsucht. Warum lesen Sie nicht den Roman, das ist einfacher als das Theaterstück", meinte er und sah ihr Buch näher an. Sie hatte mit Bleistift Anmerkungen darin gemacht.

„Weil ich die Blanche DuBois spiele. Wissen Sie, ich will nicht immer im Geschäft meiner Eltern arbeiten, ich habe vor, auf die Schauspielschule in Hannover zu gehen. Man hat mir gesagt, ich habe Talent. Ich habe in Wilhelmshaven für Endstation Sehnsucht vorgesprochen und sofort die Hauptrolle bekommen", berichtete Jule stolz und das erste Mal sah Faber ein fröhliches Funkeln in ihren Augen. Er verstand jetzt, was Jens Strom an der Frau gefunden hatte.

„Das ist beeindruckend, eine Hauptrolle zu bekommen, obwohl Sie das Fach nie studiert haben."

Jule winkte ab. „Sie wissen ja nicht, wie viele Seminare ich gemacht habe, für Sprachausbildung, Maskenbildnerin und natürlich Bewegung und Tanz. Das Studium kommt auch noch", sagte Jule begeistert.

„Na, dann viel Glück für Ihre Rolle, vielleicht komme ich zur Premiere", bemerkte Faber charmant. Sie drückte ihm eine Broschüre in die Hand.

„Nächste Woche Samstag, am Siebzehnten, und egal, wie ich mich fühle, ich werde spielen", betonte Jule, dann sah sie ihn ernst an. „Haben Sie Neuigkeiten wegen Jens?", fragte sie zaghafter.

„Nein, aber ich halte Sie auf dem Laufenden, wenn sich etwas ergibt", meinte er. An der Tür drehte er sich noch einmal zu ihr um. „Ach, sagen Sie, Jule, hatten Sie Kontakt mit Martin Wegener, seit man Ihren Freund gefunden hat?"

„Nein, und der soll sich ja nicht wagen, hier anzurufen", entgegnete sie strikt, doch dann füllten sich ihre Augen plötzlich wieder mit Tränen und Faber nahm sie, ohne nachzudenken, in den Arm. Sie schniefte etwas, löste sich jedoch von ihm. „Danke, Sie sind sehr nett!"

„Jule, Sie sind eine junge Frau. Ich verstehe Ihren Verlust, doch Sie müssen weiterleben, die Trauer hinter sich lassen. Auch Hass bringt nichts", sagte er einfühlsam.

„Dann finden Sie Jens' Mörder, denn manche Dinge sind nicht zu vergeben!" Sie öffnete die Wohnungstür und ließ ihn ins Treppenhaus.

Nachdenklich fuhr Faber wieder zum Revier zurück. Rike hatte recht, er mochte Jule, doch nicht so, wie sie es ihm vielleicht unterstellte. Jule löste etwas in ihm aus. Sie war so zerbrechlich und er hatte das Gefühl, sie schützen zu müssen. Faber verstand nur zu gut, dass er für Jule Jens' Mörder finden musste, damit die junge Frau mit diesem Kapitel ihres Lebens abschließen konnte.

„Na, das war ja eine lange Schlüsselübergabe", hänselte Rike ihn wieder, als er ins Großraumbüro kam. Sie war allein, Husman, Steiner und die beiden Polizeimeisteranwärter waren noch nicht zurück.

„Hör damit auf, sie tut mir leid und trauert unglaublich."

„Du kannst ein richtiger Romantiker sein", erwiderte Rike zwar ironisch, aber auch etwas ärgerlich.

„Vielleicht liegt es daran, dass eine funktionierende Beziehung ein solch jähes Ende genommen hat", pflaumte er sie an und ging in sein Büro. Rike wurde regelrecht rot, sie musste daran denken, was er ihr gestern Abend gestanden hatte, und sie fühlte sich plötzlich furchtbar dumm wegen ihrer Kommentare. Sie ging ihm hinterher und klopfte an seine Tür.

„Was", hörte sie ihn, er klang sauer. Rike trat ein und schloss die Tür hinter sich.

„Tut mir leid, das war sehr unsensibel von mir, ich verstehe, warum dir die Sache nahegeht."

Faber schnaufte und setzte sich. „Ein Grund mehr, warum ich dir meine Geschichte erst gar nicht erzählen wollte. Rike, tu mir den Gefallen und interpretiere jetzt nicht jede meiner Worte oder Handlungen in diese Richtung."

„Entschuldigung, okay, ich halte mich zurück", versprach sie leise. „Schwamm drüber?"

„Hast du Neuigkeiten von den Kollegen?", wechselte er sofort das Thema.

Rike setzte sich vor seinen Schreibtisch. „Ja, die Kollegen in Hamburg waren in Jens' und Martins Zimmer auf dem Campus, nichts, keine Unterlagen, keine technischen Geräte. Bernd Haberklein war Jens Stroms zuständiger Professor, ich habe kurz mit ihm gesprochen und ihn von Jens' Tod informiert. Er will Jens' ersten Entwurf für die Bachelorarbeit raussuchen und du kannst ihn ab fünf Uhr unter der Nummer erreichen." Dann klebte sie ihm ein Post-it mit der Telefonnummer auf den Schreibtisch.

„Was ist mit Oldenburg, Informationen über Wittsund und die WSA-Mitarbeiter?"

„Ja, auch von dort haben wir Rückmeldung. Wittsund hat drei Punkte in Flensburg, überhöhte Geschwindigkeit, sonst eine völlig weiße Weste. Das Gleiche bei den anderen Mitarbeitern. Die Richtung ist eine Sackgasse, wir sollten uns an Klaus Pfänder halten", sagte sie sofort. „Ach, ich habe mir noch etwas überlegt: Wenn ein Auto unseren Passat abgedrängt hat, hätte es uns entweder überholt oder wäre vorher abgebogen. Darum …"

„Oder ist in die andere Richtung gefahren", unterbrach er sie. Ganz versöhnt klang er immer noch nicht.

„Kann ich vielleicht mal ausreden!", schoss Rike jetzt zurück. Verletzte Gefühle hin oder her, ich hab mich entschuldigt, jetzt kannst du auch wieder normal werden, dachte sie.

„Rede aus!"

„Aus der anderen Richtung kam unser Zeuge Jost Timmersen, und der sagte, ihm wäre kein anderes Auto entgegengekommen." Rike zog demonstrativ die Augenbrauen hoch. „Darum habe ich eine Streife von Marienhafe rausgeschickt, um mit Anwohnern in Pilsum zu reden, denn das wäre die erste Möglichkeit zum Abbiegen gewesen. Bis Manslagt, wo wir waren, hätte der Fahrer des Wagens zehn

Möglichkeiten gehabt abzubiegen. Die wahrscheinlichste ist der Ackerburger Weg in Richtung Visquard, um von dort auf die Bundesstraße 210 zu kommen."

„Kein schlechter Gedanke, Rike", bemerkte Faber und nickte ihr zu. „Das wird einige Zeit dauern", meinte er ruhig und sah auf die Uhr. Es war mittlerweile fünf und in einer Stunde erwarteten sie ihre vier Kollegen zurück zur Besprechung.

„Ja, ich weiß. Die Kollegen treffen die meisten Leute vermutlich erst am Abend zu Hause an. Sie wollen so bis neun Uhr für uns arbeiten und melden sich dann bei mir", beendete sie ihren Bericht. „Ich hoffe doch stark, du rufst den Leiter vom Revier Marienhafe an, damit er die Überstunden für die Kollegen genehmigt!"

„Natürlich mache ich das! Du tust gerade so, als wäre ich ein Unmensch!"

Rike sah ihn an und grinste schelmisch. „Manchmal kannst du schon ein Unmensch sein, wenn man dir auf die Zehen tritt."

Faber meinte nur: „Ich rufe jetzt diesen Professor an und du sammelst alle Informationen über Klaus Pfänder, die in den Datenbanken zur Verfügung stehen."

„Kann ich nicht hier bleiben, wenn du mit dem Prof sprichst?"

„Nein, ich berichte dann alles bei der Besprechung. Und jetzt raus hier!", meckerte er sie an, doch mittlerweile grinste er ebenfalls.

„Zu Befehl, Chef!"

***

Es war mit den anwesenden sechs Personen in Fabers kleinem Büro recht gedrängt und sie hatten noch drei zusätzliche Stühle reingeschleppt. „Friedhelm, Sie fangen an, was haben Sie und PMA Leitmann über die Firmen herausbekommen?"

Friedhelm nickte Johannes Leitmann auffordernd zu und der stand auf und ging an das Whiteboard. „Also", begann er etwas nervös. „Wir haben BETF in Brunsbüttel aufgesucht, ein Farbenhersteller, der zu einem der größten Chemiekonzerne gehört. Die Bücher sind in Ordnung und wir konnten uns sogar den hauseigenen Prozess zur Dünnsäure-Aufbearbeitung ansehen. Man war sehr entgegenkommend dort. Die sind in Ordnung."

„Okay", sagte Faber. „Warum streichen Sie dann nicht alle auf der Liste, die Ihrer Meinung nach in Ordnung sind, und wir kürzen die Sache ab. Wer nicht in Ordnung ist, das ist hier von Interesse", wies er ruhig den jungen Polizeimeisteranwärter zurecht.

Der strich sofort fünf der Firmen und sagte dann: „KHK Faber, die Perisol-Farbwerke in Oldenburg könnten einer unserer Kandidaten sein, denn dort wollte man eine richterliche Verfügung bezüglich des Einblicks in die Bücher. Man hat uns nur gesagt, dass die Dünnsäure-Aufbearbeitung ausgelagert wäre. Die Verfügung ist beantragt und wir wollen morgen erneut nach Oldenburg."

„Ja, gleich wenn wir uns die Farbwerke Dirksen in Emden angesehen haben. Ein lokaler Farbenhersteller, den wir heute nicht mehr geschafft haben", griff Steiner jetzt ein. „Außerdem haben wir einen Produktionsbetrieb in Hannover im Auge, da dieser Fabriken in Russland, der Ukraine und Litauen hat."

„Dirksen?", unterbrach Rike und runzelte die Stirn, doch Faber hielt sie mit einer Handbewegung noch einen Moment zurück, damit erst einmal das zweite Team Bericht erstatten konnte.

„Gute Arbeit", lobte Faber und nickte dem PMA zu, damit er sich setzte. „Torben, die Containerschiffe?"

„Wie Sie schon sagten, Faber, es ist bei allen Schiffen, die nicht unter deutscher Flagge fahren, ein Problem. Darum haben wir uns erst einmal die unter deutscher Beflaggung vorgenommen", fing Husman an zu berichten.

„Es blieben nur drei Schiffe übrig", übernahm Polizeimeisteranwärterin Frauke Petersen. „Eines, die Havsola, war im Hamburger Hafen und wir bekamen vom Reeder die Erlaubnis, das Schiff zu besichtigen. Es hat Tanks und auch Ausfüll-anlagen. Die sollen für Lacke sein. Natürlich konnten wir nicht prüfen, ob man auch Dünnsäure transportiert hat."

„Dann setzen Sie gleich morgen die Techniker daran. Schorlau soll das koordinieren und die entsprechenden Verfügungen besorgen", sagte Faber kurzerhand und Frauke Petersen schrieb alles mit. „Was ist mit den anderen, Torben?"

„Eines ist momentan in Litauen, soll morgen auslaufen, zurück nach Wilhelmshaven und steht auf unserer Liste, wenn es zurück ist", erklärte er sofort. „Ja, und dann ging es uns wie Friedhelm und Kollege Leitmann, wir haben noch eines im Seaport Emden, das wir uns ebenfalls morgen vornehmen wollen, da wir in Hamburg lange aufgehalten wurden."

„Ebenfalls gute Arbeit!", wiederholte Faber bewusst das Lob an Husman und seine junge Partnerin. „Seien Sie nur vorsichtig, wir wollen noch nicht, dass man von der Dünnsäure-Verklappung etwas mitbekommt. Da müssen Sie ein bisschen tricksen, denn wir brauchen niemanden vom Umweltamt, der uns dazwischenfunkt." Dann blickte er auf Rike. „Etwas Neues zu Klaus Pfänder? Und wieso hast du bei den Farbwerken Dirksen nachgefragt?"

„Wegen Pfänder, der hat vor etwa zwei Jahren mal ein paar Monate dort als Aushilfe gearbeitet. Doch als man die ganzen Fachkräfte wieder einstellte, wurden alle Aushilfen entlassen", schilderte Rike ihre Recherchen.

„Interessant", grübelte Faber laut. „Friedhelm, diese Firma sehen Sie sich morgen ganz genau an, stochern Sie richtig rum und sagen Sie denen, dass wir, KHK Faber und KK Waatstedt, Sie geschickt haben. Behaupten Sie, dass es um eine Ermittlung ginge, über die Sie selbst nicht im Detail Bescheid wissen. Sie hätten nur den Auftrag, die Bücher zu prüfen und den Prozess", wies ihn Faber an, dann sah er wieder auf Rike. „Gibt es sonst noch was über Pfänder?"

„Ansonsten hat sich Klaus Pfänder nach seiner Haftstrafe mit Nebenjobs über Wasser gehalten. Erst vor einem halben Jahr wurde er fest als Lehrer beim örtlichen Gymnasium eingestellt.

Es herrscht momentan akuter Lehrermangel und obwohl man ihn hier kennt und vielleicht auch seine alte Straftat, wurde er eingestellt. Er hat damals bei einer Demo einen Stein geworfen, der einen Polizisten unglücklich im Gesicht traf. Die Körperverletzung brachte ihm zwei Jahre in der JVA ein."

„Noch mehr, was uns helfen könnte?", fragte Faber wieder, denn ein Teil der Informationen war ihm bereits bekannt.

„Steuererklärungen sind unauffällig, er fährt ein altes Auto und wohnt mit seiner Frau Nele in einer kleinen Zweizimmerwohnung in Emden, keine Kinder", fuhr Rike fort. „Das Einzige, was er sich vor zwei Jahren gekauft hat, ist eine Segelyacht."

„Mhm, hast du eine Ahnung, was er bezahlt hat?", bohrte Faber nach.

„Nein, aber vom Bootsregister kenne ich die Daten. Die ist schon größer, würde neu an die hunderttausend Euro kosten. Doch wenn er sie gebraucht gekauft hat, vielleicht die Hälfte", erklärte Rike sofort. „Die liegt hier im Yachthafen, wollte sie mir morgen ansehen, dann kann ich den Preis besser einschätzen."

„Für jemanden, der sich lange mit Aushilfsjobs über Wasser gehalten hat, ist das ein stolzer Preis. Du hast recht, wir sehen uns das morgen an, gleich nach der Befragung von Martin Wegener." Dann berichtete er den Kollegen kurz über ihre Tätigkeiten heute und warum Klaus Pfänder in ihr Visier gerückt war. „Im Übrigen, der Professor von Jens Strom hat bestätigt, dass es in der Bachelorarbeit um Verklappungen in der Nordsee geht, jedoch hat der erste Entwurf nur die alten Aktivitäten der 1990er Jahre aufgegriffen. Es gab nichts Aktuelles darin, was uns helfen könnte. Das hatte Jens Strom wohl noch nicht fertig."

„Chef", meldete sich Friedhelm und sah demonstrativ auf die Uhr. „Meine Frau schleppt mich heute zu einer A-cappella-Veranstaltung ins Neue Theater, ich müsste dann jetzt mal los. Die bringt mich um, wenn ich zu spät komme."

Faber grinste. „Na, dann macht euch alle mal vom Acker. Morgen Abend gleiche Zeit und viel Glück." Die Meute stand auf und Faber wandte sich erneut an sie. „Bitte seien Sie vorsichtig", gab er ihnen fast väterlich mit.

„Fahren wir auch?", fragte Rike, nachdem alle verschwunden waren.

„Klaus Pfänder und die Farbwerke Dirksen, ob da ein Zusammenhang besteht?", grübelte Faber laut und dann sah er Rike fragend an. „Morgen wird Friedhelm bei der Firma Dirksen auftauchen und eventuell die Pferde scheu machen. Ich glaube, wir besuchen nach dem Yachthafen mal Klaus Pfänder in seinem Gymnasium. Doch ich bestehe darauf, dass Knut ab morgen in ein Hotel geht. Wir werden von Mittwoch auf Donnerstagnacht Einsatzkräfte in unseren Häusern stationieren und eine kleine Einheit, die die Umgebung überprüft."

„Du glaubst, sie schlagen noch mal zu, deshalb hast du Friedhelm angewiesen, den Unwissenden zu spielen", erwiderte Rike, dann verzog sie plötzlich das Gesicht. „Oh weh, wie soll ich denn Knut aus unserem Haus bekommen, der wird sich querstellen. Du weißt doch, wie starrsinnig Opa ist."

„Und wenn ich ihn raustragen muss! Falls diese Farbwerke oder Pfänder etwas mit der Mafia zu tun haben, werden die uns wieder auf die Abschussliste setzen, und das ganz bestimmt schnell", erklärte er ohne Umschweife. „Ich rufe nur noch kurz EKHK Friedrichs an, damit er ein Sonderkommando und unsere zusätzlichen Spesen genehmigt, dann fahren wir nach Hause."

Kapitel 6

„Dunnerkiel!", fluchte Knut, als Faber ihn eingeweiht hatte. Rike war unter dem Vorwand, sich umziehen zu müssen, nach oben gegangen, jedoch nur, um dem Theater zu entfliehen. Sie wusste genau, was kommen würde. „Bist töffelig, ik bliev toohus!"

„Hab nichts verstanden, Knut, doch ich nehme an, du willst nicht ins Hotel", sagte Faber ruhig. „Musst du aber. Wie wäre es mit einem schönen Zimmer im Romantikhof in Greetsiel, Kabelfernsehen, Minibar und die haben eine Sauna", versuchte Faber ihn zu ködern. Zwar lag der Romantikhof nicht im Spesenbudget der Polizei Niedersachsen, doch zur Not würde er die Differenz persönlich tragen.

„Schnickschnack! Nee, hebb ik seggt, und wenn du das nicht kapierst, dann auf Hochdeutsch: Nein!", Knut machte eine brummige Miene und hatte vor Aufregung rote Wangen.

„Dann lass ich dich morgen früh festnehmen", erwiderte Faber ungerührt und fing sich von Knut einen Klaps auf den Hinterkopf ein. „Wegen Angriff auf einen Polizeibeamten", fügte er an und rieb sich übertrieben den Schädel. „Knut, Rike und ich bleiben auch ein paar Tage im Hotel", flunkerte er ein bisschen, denn Knut zu erzählen, dass Rike und er selbst die Lockvögel spielen würden, wäre für den alten Mann einfach zu viel. „Ein Einsatzkommando wird in unseren Häusern sein und mit etwas Glück kriegen wir diese Typen. Das ist kein Spaß, das sind Mörder!"

Knut setzte sich zu Faber an den Küchentisch. „Kein Hotel, ich frage Hannes, ob ich ein paar Tage bei ihm wohnen kann, seine Frau kocht ziemlich gut", gab Knut endlich klein bei. In dem Moment kam Rike in die Küche und er sah auf. „Na, hast dich erfolgreich gedrückt und den Jung vorgeschoben? Doch wir unterhalten uns auch noch", drohte er ihr.

„Geht nicht, Opilein, ich muss noch mal mit rüber zu Richard, wir müssen noch ein bisschen arbeiten und alles für morgen

95

vorbereiten", log sie ihn schlichtweg an. „Auf geht's, Faber, komm, arbeiten!"

„Richard, so, so, ihr duzt euch bereits", knurrte Knut weiter, dabei war ihm die Entwicklung eigentlich ganz recht. Aber ein bisschen musste er noch mosern, wegen seines erzwungenen Auszugs. „Dass ihr beide mir ja zwei Hotelzimmer nehmt!"

Faber stöhnte laut auf. „Komm, Rike, gehen wir arbeiten! Und du gehst packen", wandte er sich noch einmal an Knut.

„Danke für die Rettung, Opa hätte mir den ganzen Abend in den Ohren gelegen. Ich bleibe so bis halb elf, dann wird er schlafen gegangen sein", sagte Rike und pflanzte sich auf seine Couch. „Machst du einen Wein auf? Und hast du was zu essen?"

„Aber klar doch, vielleicht auch noch eine Fußmassage?", erwiderte Faber sarkastisch. „Wo der Kühlschrank ist, weißt du, mach dir ein Brot und am besten mir auch gleich eins, da ist auch noch eine halbe Flasche Wein. Los, hopphopp."

Rike setzte gerade an, etwas Deftiges zu erwidern, als ihr Diensthandy klingelte. Sie meldete sich und hörte zu, dann sagte sie „Moment" und stellte auf Lautsprecher. Sie winkte Faber zu, der sich erbarmt hatte in die Küche zu gehen. „Wiederholen Sie noch einmal", sagte sie zu dem Anrufer.

„Wir haben einen Augenzeugen gefunden, der gestern Morgen einen schwarzen Geländewagen gesehen hat, ein Rentner, der war früh draußen und hat Schnee geschaufelt, als der Wagen vorbeifuhr", sagte die Stimme und Faber verstand, dass es sich um die Beamten handeln musste, die wegen des Unfalls unterwegs waren. „Herr Modersohn wohnt im Ackerburger Weg, das erste Haus an der Kreuzung zur Neu-Etumer Straße."

„Ist der Zeuge zuverlässig?", rief Faber und kam mit dem Wein aus der Küche.

„Ja, wir denken schon. Herr Modersohn ist ein noch recht fitter älterer Herr. Er war auf seiner Terrasse am Kehren, da fiel der Wagen auf, weil der mit überhöhter Geschwindigkeit in die kleine Straße einbog, dabei war der Ackerburger Weg ziemlich zugeschneit."

„Bitte sagen Sie mir, dass Herr Modersohn ein Nummernschild gesehen hat", versuchte Rike ihr Glück.

„Nicht die Nummer, doch er sah zwei Männer im Wagen und das Nummernschild war gelb, mit einem NL darauf, ein Wagen aus den Niederlanden. Er konnte uns sogar sagen, dass es sich um einen Mercedes Benz G-Klasse handelte, einen Brabus."

„Wir kontaktieren morgen Europol und hören uns mal in der Abteilung für organisiertes Verbrechen um, vielleicht können die uns in den Niederlanden etwas über die Müllmafia sagen", schlug Faber vor, nachdem Rike aufgelegt hatte. „Vielleicht stellen wir auch eine Fahndung nach dem Wagen aus, auch wenn ich denke, die sind wieder über die Grenze gefahren." Dann sah er sie plötzlich kritisch an. „Sag mal, wolltest du nicht in die Küche und für uns Brote machen?", fragte er anschließend, doch es hörte sich mehr wie ein Befehl an.

Sie stand auf und verzog das Gesicht. „Auf deine Verantwortung! Wehe, du beschwerst dich nachher, weil es nicht schmeckt."

***

„Kommen Sie bitte mit, meine Herren, Doktor Behringer hat jetzt Zeit für Sie", sagte die nette Empfangsdame und brachte die beiden Polizisten in das Büro des Geschäftsführers. Friedhelm und sein junger Kollege waren gleich am Morgen zu den Farbwerken Dirksen gefahren und hatten bei einem Kaffee auf Herrn Behringer gewartet. Der Mann, der hinter seinem Schreibtisch aufstand, um sie zu begrüßen, war groß, durchtrainiert und etwa Mitte vierzig. Mit seinen kantigen Wangenknochen und der leichten Bräune im Gesicht wirkte er eher wie ein Illustrierten-Model als wie ein Geschäftsmann. Er schüttelte beiden die Hände, nachdem Steiner seinen Dienstausweis gezeigt hatte.

„Nehmen Sie doch Platz, wie kann ich Ihnen helfen?", fragte er eher lässig und hatte sich auch wieder hinter seinen Schreibtisch zurückgezogen.

„Doktor Behringer, wir ermitteln in einer Mordsache und führen bei allen Chemie- und Farbwerken Routineuntersuchungen durch. Daher müssten wir Einblick in Ihre Bücher bekommen", erklärte Steiner souverän. „Wir interessieren uns für Ihren Abfallstoff-Beseitigungsprozess, vielleicht könnten wir uns das in Ihrem Werk auch ansehen."

Behringer zog erstaunt die Augenbrauen hoch. „Eine Mordermittlung? Ich verstehe nicht, wer wurde ermordet und was hat das mit unserer Sonderabfallvernichtung zu tun?", fragte er direkt.

„Das kann ich Ihnen leider nicht sagen, selbst wenn ich die Einzelheiten wüsste. Leider tue ich das auch nicht. Wir sind für Kriminalhauptkommissar Faber und Kommissarin Waatstedt am Recherchieren", sagte Steiner, wie er es mit Faber vereinbart hatte.

„Aha", meinte Behringer. „Und warum kommen Ihr Hauptkommissar und Ihre Kommissarin dann nicht persönlich vorbei?"

„Sie folgen anderen Spuren, sie sind beide im Moment sehr beschäftigt. Könnten wir jetzt bitte über Ihre Sonderabfallvernichtung sprechen?" Steiners Tonfall war härter geworden.

Behringer blickte forschend in Steiners Gesicht, mit keiner Regung war Behringer anzusehen, was er dachte. „Ja, von mir aus, wir wollen Sie natürlich gerne unterstützen, auch wenn die Angelegenheit etwas eigenartig ist. Meine Assistentin wird Ihnen die Bücher geben. Wir bezahlen jährlich Unmengen für die Sonderabfallverbrennungsanlage, doch den Prozess kann ich Ihnen nicht zeigen."

„Wieso das?", mischte sich PMA Leitmann ein.

„Weil die Anlage in Litauen steht!"

„Das heißt, Sie verschiffen Ihren Sondermüll nach Litauen?", fragte Steiner hellhörig geworden.

„Ja", erwiderte Behringer ganz entspannt. „Wir haben eine eigene Schiffsflotte, die sowohl Tanks für unsere Produkte als auch spezielle Tanks für die Chemieabfälle hat. In Litauen sind mittlerweile einige unserer besten Kunden, wenn es um den Absatz von Lacken geht, und darum habe ich mich entschieden, dort auch den Sondermüll bearbeiten zu lassen. So schlage ich logistisch zwei Fliegen mit einer Klappe. Es gibt nichts Teureres, als ein halb leeres Tankschiff aufs Meer zu schicken."

„Interessant, und wie stellen Sie sicher, dass der Sondermüll auch in Litauen ankommt?", schoss Steiner heraus.

Jetzt lachte Behringer laut auf, er schien Steiners Frage wirklich witzig zu finden. Oder du bist ein ungemein abgebrühter Lügner, dachte Friedhelm. „Herr Steiner", sagte Behringer, nachdem er sich beruhigt hatte. „Was wollen Sie mir denn da unterstellen, dass ich Säuren und halogene Schlämmreste in das Skagerrak entsorge? Mein lieber Herr Steiner, wir sind nicht im Wilden Westen. Die Sonderabfallvernichtung unterliegt unglaublich strengen Richtlinien und Überprüfungen, dadurch ist der Teil unserer Produktion auch so teuer. Die Abfallstoffe werden hier im Zollhafen gewogen und dann bei der Ankunft in Litauen wieder, außerdem sind beim Verladen und Entladen Experten, Chemiker, dabei, die genau bestimmen, was für Stoffe zur Vernichtung geschickt werden. Ich wüsste nicht, wie man da tricksen kann."

„Könnten wir eine Kopie dieser Richtlinien bekommen?"

„Aber natürlich", erwiderte Behringer. „Sehen Sie, wir Chemieunternehmen haben durch die Umweltsünden vor vierzig Jahren immer noch einen schlechten Ruf. Dagegen tue ich jeden Tag etwas. Wir unterstützen mittlerweile die Gemeinde Emden mit Zuwendungen, um das Wattenmeer zu schützen, die Nordsee sauber zu bekommen und den Meerestierbestand zu erhalten. Das werden Sie in unseren Büchern ebenfalls finden. Wir investieren durch unsere Spenden enorme Summen in die Umwelt. Mit Ihren

Vermutungen sind Sie bei den Farbwerken Dirksen an der ganz falschen Stelle."

Behringer begleitete die beiden Beamten noch zu seiner Assistentin und gab Anweisungen, ihnen die Bücher zur Verfügung zu stellen. Als er wieder alleine in seinem Büro saß, griff er nach dem Prepaidhandy in seiner Jacketttasche und wählte die Nummer.

„André, sto slutschilas?", fragte der Mann am anderen Ende.

„Was los ist, fragst du? Der Teufel ist los, was habt ihr da nur für eine Scheiße abgezogen", knurrte er wütend ins Telefon. „Erstens waren gerade Polizisten hier, die sich für unseren Sondermüll interessieren, und dann habe ich erfahren, dass dieser Faber und auch die Kommissarin noch am Leben sind."

„Njet! Nein, beide waren tot in dem Fahrzeug", erwiderte der Russe. „Ich selbst musste bei dieser Waatstedt noch nachhelfen."

Behringer lachte hämisch auf. „Wer weiß, wem du da die Lichter ausgeblasen hast, jedenfalls nicht Faber und Waatstedt. Wie es aussieht, sind die beiden immer noch an der Dünnsäureverklappung dran und haben ihre Mitarbeiter noch nicht einmal genau eingewiesen. Das muss jetzt schnell über die Bühne gehen, erledige deinen verdammten Job, noch heute Nacht, sonst wirst du dein blaues Wunder erleben", drohte Behringer.

„Nu karascho", erwiderte der Russe kleinlaut. „Wir fahren gleich los und besuchen die beiden heute Nacht. Dieses Mal besorgen wir uns Fotos aus dem Internet, damit es nicht schiefgeht."

„Mir ist vollkommen egal, wie ihr das macht, Hauptsache, dieses Mal richtig!", fluchte Behringer.

***

Rikes und Fabers Morgen war zäh verlaufen. Mit Martin Wegener hatten sie kaum sprechen können, der Anwalt und auch sein Vater hatten das verhindert. Immerhin hatten sie einen ausführlichen schriftlichen Bericht erhalten, in dem Martins Alibi für das Wochenende minutiös mit Namen und Kontaktadressen aufgeführt war. Sofort hatte Faber die Namen und Adressen an den Kriminalermittlungsdienst in Norden weitergeleitet und die Kollegen gebeten, die Zeugen aufzusuchen. Sie hatten ebenfalls mit den Kollegen von Europol gesprochen, die sich umhören wollten. Dann waren sie in den Hafen gefahren, um sich Klaus Pfänders sogenannte Yacht anzusehen. Auch das war ein totaler Reinfall gewesen, denn das Boot von Pfänder war in einem schlechten Zustand und nicht mehr als fünf-, vielleicht sechstausend Euro wert. Das hätte er sich über die Jahre ersparen können. So machten sie sich auf zum Johannes-Althusius-Gymnasium, das nur fünfzehn Autominuten vom Yachthafen entfernt lag. Rike parkte vor den verschachtelten Klinkerbauten, an denen ein großer Sportplatz angrenzte. Von der Direktion erfuhren sie, dass Pfänder gerade eine elfte Klasse in Englisch unterrichtete.

„Warten wir hier vor dem Klassenzimmer, in fünf Minuten ist Pause", sagte Rike gerade, als Fabers Telefon klingelte. Er hörte zu und murmelte ein paar Mal zustimmend. Rike sah sich auf dem Gang um, von dem die verschiedenen Klassenzimmer abgingen. Auch wenn es ein relativ neues Gebäude war, so hatte es den typischen Geruch einer Schule. Eine Mischung aus billigem Parfum, abgetragenen Turnschuhen und Leberwurstbroten hing in der Luft und erinnerte sie an ihre eigene Schulzeit.

„Das war Friedhelm, die Bücher der Farbwerke Dirksen sind in Ordnung. Dennoch, die verschiffen ihren Chemiemüll nach Litauen", erklärte er Rike. „Steiner meinte, dass der Geschäftsführer Behringer keinen verdächtigen Eindruck machte und mit seinen Erklärungen sehr zuvorkommend war. Trotzdem schmeckt es mir nicht, dass Pfänder einmal für die Dirksen-Werke gearbeitet hat, er muss unsere Namen weitergegeben haben. Fühlen wir dem Kerl mal richtig auf den Zahn."

„Ich kann mir auch nicht vorstellen, dass Pfänder direkten Kontakt zur Mafia hat. Wir sollten heute Nachmittag diesen Geschäftsführer bei Dirksen durchleuchten", erwiderte Rike. „Hat sich Torben schon gemeldet, wegen des Tankschiffs im Seaport Emden?", fragte sie, doch Faber schüttelte den Kopf. In dem Moment schrillte die Pausenglocke und sofort öffnete sich die Klassentür. Laut schnatternd kamen die Teenager aus dem Raum.

„Wir ziehen die Guter-Cop-böser-Cop-Nummer durch, du darfst die Gute sein", flüsterte Faber ihr schnell zu. Klaus Pfänder stand am Pult und unterhielt sich noch mit einer Schülerin, als sie eintraten.

Pfänder sah die beiden Polizisten und zuckte merklich zusammen. Sofort verabschiedete er sich von seiner Schülerin und kam ihnen entgegen. „Herr Faber, Frau Waatstedt, Sie schon wieder und dann hier in der Schule. Was kann ich für Sie tun? Nicht schon wieder Dünnsäureverklappung", versuchte er zu scherzen, konnte seine Nervosität jedoch nicht überspielen.

„Nein", meinte Faber hart. „Es geht um Mord, versuchten Mord und Korruption."

„Was?", fragte Pfänder entsetzt und war schneeweiß geworden.

„Jetzt tun Sie nicht so unschuldig", schnauzte Faber den Mann an und trat bedrohlich an ihn heran. „Sie wissen von der illegalen Dünnsäureverklappung. Haben Sie Ihren kriminellen Kumpeln gesteckt, dass wir in diese Richtung ermitteln, unsere Namen weitergegeben, damit man einen Mordanschlag auf uns ausüben konnte?"

Pfänder ging automatisch zurück, um Distanz zu Faber zu bekommen. „Sie sind verrückt!", war alles, was er herausbrachte.

„Soll ich Sie festnehmen, wegen Beihilfe zum Mord? Denn die beiden jungen Kollegen, die es dabei erwischt hat, sind wirklich tot", fuhr Faber unerbittlich fort. Rike bekam eine

Gänsehaut, denn Faber spielte seine Böser-Cop-Rolle verdammt gut.

„Faber, es reicht", griff sie wie vereinbart in das Spiel ein. „Herr Pfänder, entschuldigen Sie meinen Partner, er ist sehr aufgebracht über den Tod unserer Kollegen", dann sah sie ihn eindringlich an. „Herr Pfänder, wenn Sie irgendetwas damit zu tun haben, dann sollten Sie jetzt reden. Ich denke nicht, dass Sie von dem Mordkomplott wussten. Sie haben doch nur Informationen weitergegeben, richtig?"

Pfänder schluckte und schüttelte verängstigt den Kopf. Faber sah, dass er so weit war, darum sagte er: „Kommissarin Waatstedt hat recht. Wenn Sie jetzt reden, dann kann man Ihnen nur vorwerfen, dass Sie ein Umweltverbrechen nicht gemeldet haben. Doch schweigen Sie jetzt, dann ist es Beihilfe zum Mord", machte er ganz klar.

Der Mann öffnete den Mund und wollte gerade etwas sagen, da stürmte eine Horde Schüler in das Klassenzimmer. Das brachte Pfänder völlig aus dem Konzept, mit dem Resultat, dass er sich wieder fing. „Es ist eine Unverschämtheit, was Sie mir da unterstellen. Ich bin der Leiter von Greenpeace und habe keine Ahnung, von welchen Umweltverbrechen Sie reden", sagte Pfänder plötzlich resolut. Faber fluchte innerlich über die Störung der Schüler, fast hätten sie ihn so weit gehabt.

„Sie kommen morgen aufs Revier, Punkt zehn Uhr zur Vernehmung", befahl er.

„Dürfen Sie das überhaupt, ich habe doch Rechte. Ich muss um neun in der Schule sein", schoss Pfänder zurück, er hatte sich plötzlich wieder voll im Griff.

„Gut, dann lasse ich Sie von unseren Bereitschaftskollegen im Klassenzimmer festnehmen, wenn Ihnen das lieber ist", konterte er und wandte sich zum Gehen. Mittlerweile waren die Schüler mucksmäuschenstill und verfolgten die Show, die ihnen dort geboten wurde, mit Argusaugen.

„Gut, ich komme!", knickte Pfänder ein.

„So ein verdammter Mist", fluchte Faber, als sie aus der Schule traten. „Wir hatten ihn fast, auf jeden Fall spielt der Kerl ein dreckiges Spiel."

„Weißt du, was ich denke?", fragte Rike rhetorisch. „Als Pfänder bei Dirksen Aushilfe war, hat er vielleicht etwas entdeckt, erpresst die Firma jetzt und gibt Informationen von Greenpeace weiter."

„Und wo ist das Geld? Wenn Pfänder sich seine Dienste bezahlen lässt, dann muss er doch irgendwo Geld gebunkert haben", gab er zu bedenken.

„Holen wir uns eine Genehmigung, seine Konten zu durchsuchen!"

„Die kriegen wir nicht, wir müssen dem Staatsanwalt schon Beweise vorlegen, damit er das unterstützt", Faber seufzte, kräuselte die Stirn und sah sie dann nachdenklich an. „Vielleicht haben wir aber Glück. Wenn Friedhelm und wir gerade diese Leute nervös gemacht haben, dann lass uns hoffen, dass man wieder versuchen wird, uns umzubringen", polterte Faber heraus und kassierte von Rike einen entsetzten Blick. „Klappt es heute Nacht mit dem Einsatzkommando und wir kriegen diese Auftragskiller, dann hätten wir eine Handhabe für den Staatsanwalt. Wir müssen nur damit argumentieren, dass Pfänder aufgrund unserer Einschüchterung seinen Partner angerufen hat, der die Killer wieder losschickte", beendete er unbeirrt seinen Gedankengang.

***

Faber und Rike hatten ihre Kevlarwesten angelegt und die Pullover darüber gezogen. Das Einsatzkommando wartete seit dem Morgen bereits in ihren Häusern. Die Männer hatten die Umgebung gesichert und sich dann in den Häusern verschanzt.

„Wir gehen kein Risiko ein", sagte der Einsatzleiter am Telefon. Faber hatte auf Lautsprecher gestellt. Es war bereits kurz vor sechs am Abend und sie wollten nur noch die

Besprechung abhalten und dann nach Klein Hauen rausfahren.

„Sie sind unsere Lockvögel, falls Sie beobachtet werden und man Ihnen folgt, werden immer zwei zivile Wagen in Ihrer Nähe sein. Einer vor Ihnen, einer hinter Ihnen, damit auf der Fahrt nichts passieren kann."

„Gut", bestätigte Faber. Trotz all der Sicherheitsmaßnahmen war er nervös.

„Wenn Sie dort ankommen, dann gehen Sie getrennt in Ihre beiden Häuser", wies sie der Teamleiter des SEK Oldenburg an. „Im Haus bekommen Sie von uns dann weitere Anweisungen. Wir haben die Nachbarhäuser evakuiert, damit niemand auf die Idee kommt, eventuell mit dem Hund Gassi zu gehen. In dieser Richtung ist alles unter Kontrolle."

Faber gefiel der Gedanke nicht, dass er sich von Rike trennen sollte. „Können wir nicht zusammen in mein Haus gehen?", hinterfragte er deshalb das Vorgehen.

„Negativ", sagte der SEK-Mann streng. „In beiden Häusern sollte Licht brennen und dann gehen Sie irgendwann ins Bett. Glauben Sie mir, wenn Sie beide erst einmal in Ihren Häusern sind, dann ist es sicher. Wir haben nur einen kurzen Moment, der gefährlich werden kann, nämlich, wenn Sie aus dem Auto steigen und reingehen. Die Umgebung ist zwar recht gut gesichert, dennoch halten Sie sich bitte nicht lange auf. Raus aus dem Auto und rein in die Häuser, verstanden?"

„Verstanden", erwiderte Faber, so wie er das von Einsätzen in Frankfurt gewöhnt war. Er hatte an einigen solcher Aktionen teilgenommen und wusste, dass man sich vor allem auf das SEK verlassen konnte. Bessere Spezialisten gab es nicht.

„Gut. Kurz vor sieben Uhr, bevor Sie das Revier verlassen, verkabeln Sie sich, damit ich Sie jederzeit hören und eventuell auch Befehle zum Eingreifen geben kann. Bis später", sagte der Mann, verschwendete kein unnötiges Wort mehr und legte auf.

„Ich habe ein bisschen Schiss", gab Rike zu und zupfte an der unbequemen Weste herum.

Faber lächelte sie aufmunternd an. „Musst du nicht, die Jungs sind gut, außerdem bin ich bei dir", versicherte er.

„Als ob du keine Angst hättest", konterte sie bei seinen Worten und verzog den Mund.

„Angst zu haben macht aufmerksam, und das sollten wir sein. Wäre ganz schön bescheuert, wenn ich nicht auch nervös wäre. Erstens habe ich so etwas auch nicht jeden Tag in Frankfurt gemacht und zweitens bin ich kein Macho, der sich darauf freut, in einen Kugelhagel zu kommen."

„Dass ich nicht lache", sagte Rike, um ihre Angst zu überspielen. „Klar bist du ein Macho!" Faber hatte nicht die Möglichkeit, ihre Frechheit zu erwidern, denn gerade kamen ihre vier Kollegen auf dem Revier an und betraten sein Büro.

Kapitel 7

Angespannt saßen sie in ihrem Streifenwagen, Faber hatte darauf bestanden zu fahren. Die Kevlarwesten drückten unangenehm in ihre Rippen und sie waren mit dem Kabel im Ohr und dem Mikro die ganze Zeit mit dem SEK-Teamleiter in Verbindung. Sie fuhren gerade durch Pewsum und hatten nur noch wenige Kilometer bis nach Hause.

„Ich dachte, ein Zivilwagen wäre vor uns und einer hinter uns", meinte Rike an Faber gewandt. Doch statt einer Antwort von Faber hörte sie den SEK-Teamleader in ihren Ohren.

„Sind die Fahrzeuge auch, mir wurde gerade berichtet, dass Sie in die Manningastraße eingebogen sind. Keine Sorge, unsere Leute sind da, nur sehen können Sie die nicht." Faber nickte Rike zu, als sein Handy klingelte. Sie nahm den Anruf über die Freisprechanlage an.

„Ich bin es, Schorlau", hörten sie die Stimme des Forensikers. „Ich habe wegen dir einen ganzen Tag auf diesem Seelenschoner, dieser Havsola, im Hamburger Hafen verbracht", moserte er. „Nichts, nicht die Spur von Dünn-säure."

„Schorlau, hör zu, komm mit deinem Team gleich morgen früh nach Emden, wir haben ein zweites Boot hier im Hafen, das du untersuchen musst!", erwiderte Faber schnell. Es gefiel ihm nicht, jetzt zu telefonieren, denn das raubte seine Aufmerksamkeit. Dennoch brauchte er Schorlau morgen, da Torben Husman mit sehr wichtigen Neuigkeiten in die Besprechung gekommen war. Das Schiff, das er und seine Partnerin sich im Seaport Emden angesehen hatten, verfügte über die entsprechenden Tanks, doch was viel wichtiger war, die Karaliene fuhr für die Reederei Daulsen Logistik, ein Tochterunternehmen der Farbwerke Dirksen. Zwar war klar, dass Schorlau bestimmt dort Dünnsäure finden würde, Behringer hatte Friedhelm bereits erklärt, dass er den Abfall zusammen mit den Produkten nach Litauen verschiffte, doch

Faber suchte etwas anderes. Blut, und zwar Jens Stroms Blut, und das würde auf einem großen Schiff für Schorlau zu einer Sisyphos-Arbeit werden.

„Unterbrechen Sie das Gespräch", hörte er dann die warnende Stimme des SEK-Manns.

„Ich muss auflegen", sagte Faber, er bekam noch mit, wie Schorlau anfing zu protestieren, bevor er ihn wegdrückte. Keine zwei Minuten später klingelte es wieder, denn Schorlau ließ es nicht auf sich sitzen, so abgespeist zu werden.

„Nicht rangehen", befahl der SEK-Mann. Rike schaltete die Freisprechanlage auf still. Endlich bog Faber in das Lüttje Enn ein und fuhr auf den Hof der Alten Schule.

„Warten Sie noch einen Moment", sagte die Stimme in ihren Ohren. Faber stellte den Motor ab und mittlerweile waren ihre Nerven zum Zerreißen gespannt. Der Schnee lag immer noch überall auf dem Hof herum, da weder Faber noch Knut Zeit gehabt hatten zu räumen. Das spärliche Licht, das ihn sonst immer ärgerte, weil er kaum zur Haustür fand, machte beide in der Dunkelheit jetzt leider zu hervorragenden Zielscheiben.

„Okay, Faber, steigen Sie aus, Sie auch, Waatstedt", gab der Mann die Anweisung. Doch kaum hatte Faber seine Tür zugeschlagen, ging plötzlich das Chaos los. „Rüber auf die andere Autoseite, Faber, nehmen Sie Deckung", schrie der SEK-Mann. Wie aus dem Nichts war ein Geländewagen bei der Dunkelheit aus den Feldern aufgetaucht. Er musste ohne Licht über den gefrorenen Acker gekommen sein und war von den SEK-Leuten, die die Umgebung sondierten, nicht wahrgenommen worden.

Jetzt raste der Wagen auf sie zu, Faber hechtete über die Motorhaube, als die Schüsse losgingen. Ein Maschinengewehr ratterte und die Kugeln schlugen ungebremst in ihren Streifenwagen ein. Während das SEK das Feuer erwiderte, hatte Faber Rike erwischt und sie auf den Boden geschmissen. Er lag auf ihr und sie bekam fast keine Luft, weil ihr Gesicht in den Schnee gedrückt wurde und Fabers gesamtes Gewicht auf ihrem Körper lastete. Plötzlich war ein Schrei zu hören und dann versuchte der Fahrer des Geländewagens durchzustarten, doch in dem Moment erwischte ihn die Kugel eines der Scharfschützen.

„Bist du okay?", fragte Faber atemlos, als der Kugelhagel endlich verstummte, und nahm seine Hände, die zum Schutz auf Rikes Kopf gelegen hatten, weg.

„Wenn du endlich von mir runtergehst, schon. Du brichst mir die Rippen", ächzte Rike.

„Alles gesichert, sind Sie verletzt?", fragte der SEK-Mann und es kamen bereits zwei Einsatzkräfte auf sie zugerannt.

„Au, Scheiße", fluchte Faber, als er von ihr runterrollte und erst einmal mit schmerzverzerrtem Gesicht auf dem Rücken liegen blieb.

„Faber, um Gottes willen, hat es dich erwischt?", reagierte Rike sofort und drückte ihn auf die Seite, damit sie sich seinen Rücken ansehen konnte. Dann atmete sie erleichtert aus. „Die Kugel ist in die Weste eingeschlagen, kein Blut", keuchte sie und legte ihre kalte Hand auf seine Wange.

„Das tut teuflisch weh", schimpfte Faber und versuchte auf die Beine zu kommen. Die beiden Einsatzkräfte halfen Rike und Faber hoch und eskortierten sie ins Haus. Faber riss sich den Pullover runter und öffnete die Weste. Die Kugel steckte in der Mitte der Rückenplatte und hätte ohne den Schutz der Kevlarweste seine Wirbelsäule durchschlagen. Rike drückte ihn auf einen der Esszimmerstühle und half ihm das T-Shirt auszuziehen.

„Mensch Richard, das ist eine gewaltige Prellung, das schillert in ein paar Stunden in den schönsten Blautönen. Hast du ein Kühlpad im Eisfach?", fragte sie und er nickte, verzog jedoch bei jeder Bewegung den Mund. Sie holte es sofort und hielt es vorsichtig an die Prellung.

„Was für eine dilettantische Aktion war das denn?", fauchte Rike den SEK-Teamleiter an, der jetzt neben ihnen stand.

„Tut mir leid, wir konnten nicht damit rechnen, dass der Wagen vom Feld kommt, dort habe ich es nicht gewagt, Männer zu postieren. Es gab dort keine Deckung und diese

Killer hätten sie sofort gesehen. Wir gingen davon aus, dass der Schnee zu tief ist, doch durch den überfrorenen Boden konnten sie sich ohne Licht ungesehen nähern."

„Schon in Ordnung. Ist ja alles noch mal gut gegangen", intervenierte Faber, um seine Partnerin davon abzuhalten, weiter Vorwürfe zu verteilen.

„Das nennst du gut gegangen, ein Stück höher und du hättest die Kugel jetzt im Kopf", schimpfte Rike dennoch lautstark.

„Waatstedt, jetzt halt mal den Mund", sagte Faber sanft. „Was ist mit den Kerlen da draußen?", wandte er sich dann an den SEK-Mann. „War es ein Brabus-Geländewagen mit niederländischem Kennzeichen?"

„Ja, was den Wagen angeht, kann ich das bestätigen. Der Beifahrer ist tot, der Fahrer verletzt. Die Ambulanz ist unterwegs, auch für Sie", informierte er ihn und zog Rikes Hand mit dem Pad vorsichtig von Fabers Rücken, um sich die Verletzung anzusehen. „Sie sollten das röntgen lassen, nicht, dass ein Wirbel angeknackt ist."

„Ja, mach ich", bestätigte Faber und veränderte seine Position, um seine Schmerzen zu lindern.

„Ich werde die Spurensicherung anfordern, wir machen das noch heute Abend, in ein paar Stunden sollte das erledigt sein", berichtete der SEK-Mann. „Den Toten nehmen wir mit, den Verletzten auch, wenn er verarztet ist. In Oldenburg haben wir Verhörspezialisten, die sich mit dem organisierten Verbrechen auskennen. Aber nur, wenn es Ihnen recht ist."

„Ja, machen Sie das, ich denke, wir haben morgen hier anderes zu erledigen", erwiderte Faber, als der Notarzt reinkam. Der bestätigte sofort, dass der Rücken geröntgt werden musste, und Rike bestand darauf, mit nach Norden ins Krankenhaus zu kommen.

„Ich lasse Ihnen zwei meiner Männer im Haus, nur für alle Fälle. Ihre Kollegin sollte vorsichtshalber auch bei Ihnen im Haus übernachten, wenn Sie heute noch vom Krankenhaus zurückkommen." Dann legte der SEK-Mann vorsichtig seine Hand auf Fabers Schulter. „Viel Glück und sorry, dass die

Sache nicht so elegant ablief wie geplant." Der SEK-Leiter tippte sich an seinen Helm, er hatte die ganze Zeit seine Sturmmaske nicht abgenommen und man sah nur seine braunen Augen. „Tut mir leid, Kommissarin Waatstedt, Sie hatten recht, sich zu empören. Das hätte uns so nicht passieren dürfen."

„Rike, ruf du den Staatsanwalt an, er soll gleich morgen eine Verfügung besorgen, damit wir Klaus Pfänders Konten einsehen können", meinte Faber und biss die Zähne aufeinander. Er lag in der Ambulanz auf dem Bauch und man hatte ihm ein weiteres Kühlpad auf den Rücken gelegt.

„Das mach ich, wenn du geröntgt wirst. Jetzt halte den Schnabel, du bist verletzt", sagte Rike rigoros, doch streichelte ihm über den Kopf. „Richard, ich bin so froh, dass dir nicht wirklich etwas passiert ist."

Faber lächelte. „Und ich erst!"

***

Obwohl Faber eine unruhige Nacht verbracht und Unmengen von Paracetamol geschluckt hatte, waren sie bereits am anderen Morgen um halb acht unterwegs. Der Leiter der Sparkasse Emden war alles andere als begeistert gewesen, als Rike ihn angerufen und sofort in die Kundenservice-Filiale in Emden bestellt hatte. Als sie dort ankamen, öffnete der Mann ihnen, es war immer noch dunkel und keiner der Mitarbeiter war so früh in der Sparkasse. Faber legte dem Mann die richterliche Verfügung vor, die sie vorher beim Staatsanwalt abgeholt hatten. Der hatte noch gestern alles in die Wege geleitet und in der Nacht einen Richternotdienst aufgesucht.

„Ja, dann kommen Sie mal mit", sagte der Sparkassenleiter, ging an einen Computer und rief eine Vermögensaufstellung von Klaus und Nele Pfänder auf. Auf den Konten waren nur kleine Summen und sie hatten einen Bausparvertrag, der einen Saldo von siebentausend Euro zeigte.

„Was ist das für eine Position?", erkundigte sich Faber und zeigte auf eine Eintragung, die keinen Betrag auswies.

„Oh, das ist nur der Vermerk, dass Herr Pfänder hier ein Schließfach hat", erklärte der Bänker sofort.

„Können Sie das für uns öffnen?", fragte Rike und Faber drückte stöhnend sein Kreuz durch.

„Trotz Ihrer Verfügung kann ich das nicht, dafür brauchen wir den zweiten Schlüssel von Herrn Pfänder!", erklärte der Filialleiter. „Oder man bohrt es auf, eine andere Option haben wir nicht."

Faber rief sofort Friedhelm an und gab Anweisungen. Eine halbe Stunde später kamen Steiner und Leitmann, in Begleitung eines laut protestierenden Klaus Pfänder, in der Sparkasse an. „Es ist eine Zumutung, was Sie hier treiben, Herr Hauptkommissar", begrüßte er Faber. Sie gingen alle runter in den Tresorraum, in dem sich die Schließfächer befanden.

„Aufmachen", befahl Faber dem Greenpeace-Mann, nachdem der Sparkassenleiter bereits seinen Schlüssel in das Schließfach Nummer elf geschoben hatte.

Pfänder schüttelte den Kopf. „Sie können mich nicht zwingen, das ist meine Privatsphäre! Sie haben kein Recht dazu."

Faber drückte ihm die richterliche Genehmigung fast auf die Nase. „Ich habe alle Rechte. Wenn Sie nicht öffnen, dann lass ich das aufbohren. Herr Pfänder, wegen Ihnen wurde gestern auf mich geschossen, das Schmiergeld, das ich in Ihrem Schließfach vermute, ist Ihr kleinstes Problem. Rike, verhafte ihn wegen Beihilfe zum versuchten Mord und kläre ihn über seine Rechte auf!"

Klaus Pfänder sah entsetzt zwischen Rike und Faber hin und her. „Nein, ich weiß doch nichts von Mord und solchen Dingen. Okay", gab er dann endlich auf. „Ich öffne das Schließfach. Ja, ich habe Informationen weitergegeben, an Doktor Behringer von den Farbwerken Dirksen", sprudelten seine Worte plötzlich hervor. Er schloss auf und legte die Kassette auf den Tisch.

Faber riss ihn weg, zog sich Latexhandschuhe über und öffnete die Kassette. Dann ließ er einen Pfiff hören und griff den Geldstapel. „Wie viel sind das? Hunderttausend?", fragte er und blätterte durch das Bündel Tausenderscheine.

„Einhundertvierundfünfzigtausend Euro", erwiderte Pfänder leise.

„Wofür hat dieser Behringer Sie bezahlt?", übernahm Rike die Befragung.

„Nur für Informationen. Entdeckungen von Greenpeace, über Messungen in der Nordsee. Ich habe als Geschäftsleiter von Greenpeace Zugang zu den europäischen Zahlen. Vor allem, wenn es um Dünnsäureverklappung geht", gab er alles zu. „Ich ahnte, dass die Farbwerke wieder angefangen hatten, illegal zu verklappen, und sprach vor zwei Jahren den neuen Geschäftsführer, Behringer, darauf an. Er machte mir ein unglaubliches Angebot. Jeden Monat eine Zahlung und dafür musste ich nur ab und zu Informationen liefern und meinen Mund halten. Mehr habe ich doch nicht getan. Das Geld sollte für meine Frau und mich sein, für einen sorglosen Lebensabend."

„Na, den können Sie jetzt sorglos im Gefängnis verbringen", entgegnete Rike mitleidslos. „Friedhelm, führ ihn ab. Bitte besorge einen Haftbefehl für die Mitwisserschaft der Dünnsäureverklappung, Beihilfe zum Mord und Beihilfe zum versuchten Mord. Ach, und kläre du ihn bitte über seine Rechte auf!"

„Nein, Sie müssen mir glauben", schrie Pfänder hysterisch, als Friedhelm ihm Handschellen anlegte und ihn aus dem Tresor führte. „Ich wusste doch nichts von Mord!"

**

Dr. Behringer saß mit seinem Anwalt im Verhörzimmer des Emder Präsidiums. Die Abteilung für das organisierte Verbrechen in Oldenburg hatte den beim Schusswechsel nur leicht verletzten Niederländer den ganzen Morgen verhört.

113

Doch der Mann, der ursprünglich in Petersburg geboren und vor Jahren niederländischer Staatsbürger geworden war, schwieg wie ein Grab. Auf dem Handy, das man bei ihm fand, konnte die Nummer eines Prepaidhandys sichergestellt werden, die gleiche Nummer hatten sie auch auf Klaus Pfänders Handy gefunden. Pfänder sang mittlerweile wie ein Vogel und hatte geholfen, mit einem Anruf bei Behringer dessen Handy zu lokalisieren. Sie wussten nun, dass Behringer sowohl mit den Russen als auch mit Pfänder im Kontakt gestanden hatte, so sollte es ein Leichtes sein, die Verklappung und auch den Auftragsmord mit ihm in Verbindung zu bringen. Ob diese Indizien jedoch für eine Verurteilung reichten, war zu bezweifeln. Sie mussten mehr aus dem aalglatten Geschäftsmann herausbekommen oder den Russen zum Sprechen bringen.

„Er hat einen Topanwalt aus Hamburg bei sich", sagte Faber, schluckte eine weitere Paracetamol und spülte sie mit Wasser runter. „So wie dieser Behringer aussieht, wird das eine harte Nuss. Zwar ist aufgrund der zeitlichen Abfolge der Telefonate zwischen Pfänder und Behringer und dann mit den Russen ein nachhaltiges Indiz vorhanden, das im Fall der geplanten Tötung von Polizisten standhalten könnte, doch Jens Stroms Tod ist nicht zu beweisen. Es sei denn, Schorlau findet irgendwo auf dem Schiff DNA von dem Jungen."

Rike betrachtete den Mann durch den Einwegspiegel außerhalb des Verhörzimmers, wie er sich leise mit seinem Anwalt austauschte. „Wie willst du das Verhör angehen?"

„Ich konfrontiere ihn mit den Tatsachen, vielleicht mogle ich ein bisschen, was den Russen angeht. Noch muss Behringer nicht wissen, dass der Auftragskiller schweigt. Ich werde ihm das Gefühl geben, dass Igor Semunjuk kooperativ ist. Außerdem haben wir Pfänder noch als Unterpfand. Behringer weiß nicht, dass er alles gestanden hat", erwiderte Faber und drückte die Schulterblätter nach hinten.

„Tut es immer noch so weh?", fragte Rike besorgt und legte vorsichtig ihre Hand an die Stelle seines Rückens.

Faber zuckte zusammen. „Nur nicht anfassen", warnte er sie und sagte dann: „Ja, tut elendig weh, wird immer schlimmer." Er sah, dass sie ein bisschen grinste. „Jetzt nenn mich ja nicht ein Weichei!"

„Nein, würde ich nie tun. Okay", wurde sie dann wieder ernst. „Vielleicht schüchtern wir ihn damit ein, doch wie willst du ihn für den Tod von Jens Strom ranbekommen?", fragte sie und sah wieder auf Behringer, der mittlerweile mit verschränkten Armen völlig selbstsicher auf seinem Stuhl saß. Plötzlich lächelte sie und meinte: „Na, vielleicht habe ich da eine Idee. Komm, du Weichei, wir fangen mit dem Verhör an."

Faber und Rike setzten sich Behringer und dessen Anwalt gegenüber, dann sah Faber auf die Uhr, schaltete das Mikro ein und sagte: „Es ist Donnerstag, der achte Februar 2018, vierzehn Uhr zwölf. Anwesende sind Doktor André Behringer sowie Doktor Fred Schächtinger, sein Anwalt, bitte bestätigen Sie das." Behringer bestätigte, genau wie der Anwalt. „Das Verhör wird geleitet von Kriminalhauptkommissar Richard Christian Faber und Kriminalkommissarin Rike Waatstedt."

„Das sind die üblichen Formalitäten", meinte Rike an Behringer gewandt, den die ganze Sache anscheinend nicht sonderlich beunruhigte.

„Herr Doktor Behringer", begann Faber. „Wir haben Ihr Prepaidhandy mit Ihren Fingerabdrücken in Ihrem Jackett gefunden. Darauf ist nachzuvollziehen, dass Klaus Pfänder Sie regelmäßig mit Informationen über Dünnsäureverklappung informierte und Sie ihn im Gegenzug dafür mit Geld bezahlt haben. Von ihm wussten Sie auch, dass ich und meine Kollegin bei Pfänder waren und wegen der Verklappung ermittelten."

„Reine Spekulation", warf der Anwalt ein.

„Nein, Klaus Pfänder hat alles gestanden und bereits ein Protokoll unterschrieben, das Sie schwer belastet", gab Rike kontra. Sofort neigte sich der Anwalt zu Behringer und flüsterte ihm etwas zu.

„Also gut, ich bin Geschäftsführer eines Chemiekonzerns, da ist es wichtig zu erfahren, was bei Greenpeace los ist. Nennen

Sie es präventives Handeln", erklärte Behringer anschließend eloquent.

„Und diese Prävention war Ihnen in den letzten zwei Jahren einhundertvierundfünfzigtausend Euro wert?", fragte Faber.

„Sechstausendvierhundert Euro pro Monat, ja, das war es mir wert", erwiderte er aalglatt. „Falls Herr Pfänder dieses Honorar nicht versteuert hat, ist das nicht meine Sache. Und bei einer Organisation wie Greenpeace von Industriespionage zu reden, ist doch ein bisschen weit hergeholt, oder?"

„Lassen wir das einmal dahingestellt sein", entgegnete Faber genauso kalt. „Denn wir haben da noch die Anrufe an Igor Semunjuk, einen Niederländer russischer Herkunft, der von Europol als Mitglied des organisierten Verbrechens identifiziert wurde."

„Um Gottes willen, ein Mafioso, das wusste ich nicht. Er hat mir nur Informationen über den niederländischen Markt besorgt", kam es sofort von Behringer.

„Leider hat Herr Semunjuk diese Aussage nicht bestätigt", spielte Faber jetzt seinen Trumpf. Sofort flüsterte der Anwalt wieder mit Behringer, der nickte.

„Mein Mandant wird erst einmal keine weiteren Stellungnahmen zu seiner Beziehung mit Herrn Semunjuk abgeben", erklärte der Anwalt.

„Das ist schade, denn Igor Semunjuk ist momentan in Oldenburg in Polizeigewahrsam. Dort wird er von Verhörspezialisten des KED verhört. Er und sein Partner, ein gewisser Evgeny Guraschev, haben gestern Nacht versucht, mich und meine Kollegin zu erschießen", fuhr Faber ungerührt fort. „Auf Ihren Befehl!", sprach er Behringer direkt an. „Ach, Herr Guraschev wurde dabei vom SEK erschossen. Igor Semunjuk ist verletzt und hat eigentlich nicht mehr viel zu verlieren. Glauben Sie wirklich, er deckt Sie?"

Behringer zuckte sichtlich, als er von Evgenys Tod hörte, dann beugte er sich zu seinem Anwalt. Der nickte und sagte: „Mein Mandant möchte sich noch einmal mit mir unter vier Augen beraten."

Faber nickte, sah auf die Uhr und meinte: „Das Verhör wird um vierzehn Uhr vierunddreißig unterbrochen." Er schaltete das Mikro aus und verließ mit Rike den Verhörraum.

Es dauerte keine zehn Minuten, bis das Verhör weitergehen konnte. „Hören Sie", sagte Behringer plötzlich. „Ich wurde von der litauischen Mafia unter Druck gesetzt, man hat mir und meiner Familie gedroht uns etwas anzutun, wenn ich mich an der Dünnsäureverklappung nicht beteiligt hätte. Sie werden sehen, dass die sogenannte Sonderabfallverbrennungsanlage in Klaipėda der Mafia gehört, der russischen Mafia. Man zwang mich, diese Leute bei ihren dreckigen Geschäften zu unterstützen und regelmäßig zu informieren."

„Und wie lief das beim Zoll in Litauen? Es gab doch keine Dünnsäure mehr zu entladen, weil sie bei Helgoland bereits verklappt wurde", fragte Rike jetzt.

Behringer ließ ein Schnaufen hören. „Ich rede von Mafia, die haben doch den gesamten Hafen in Klaipėda in der Hand, mitsamt dem Zoll und den staatlich gestellten Chemikern. Schmiergeld ist im Osten das Zauberwort und öffnet alle Türen."

„Tja", meinte Rike und lenkte das Gespräch endlich auf ihren ersten Toten. „Dann kam plötzlich Jens Strom ins Spiel. Er fand die ganze Sache irgendwie raus und kam Ihren Geschäftspartnern in den Weg, richtig?"

„Wie bitte?", fragte Behringer so erstaunt, dass Faber und auch Rike ihm die Überraschung abnahmen. „Wer soll das denn sein?"

„Der Journalismusstudent, der hinter die Verklappung kam, getötet und dann verstümmelt wurde, um in der Nordsee entsorgt zu werden", brachte Rike es auf den Punkt.

Behringer schüttelte den Kopf. „Ich habe noch nie etwas von diesem Mann gehört!"

Faber sah Rike an und nickte, dann meinte er. „Doktor Behringer, wir behalten Sie in Haft, Sie werden schnellstens einem Untersuchungsrichter vorgeführt. Ich kann nur empfehlen, dass Ihr Anwalt nicht darauf besteht, Sie auf

Kaution freizubekommen. Wie Sie sagten, arbeiteten Sie mit dem organisierten Verbrechen zusammen, da sind Sie bis zur Verhandlung in einem Untersuchungsgefängnis sicherer. Natürlich wird der Staatsanwalt ebenfalls Flucht- und Verdunklungsgefahr als Haftgründe anführen."

„Das werde ich mit meinem Mandanten besprechen", erwiderte der Anwalt völlig ungerührt.

***

„Mann, warum erzählt ihr mir nicht, was für Räuberpistolen ihr da durchzieht", schimpfte Schorlau, als er am Abend in Fabers Büro stürmte. „Seid ihr okay?"

„Schon gut, Philipp, es ist nur eine Kontusion am Rückgrat, tut weh, aber wird alles wieder gut", beruhigte Faber ihn. Rike war auch in seinem Büro, sie hatten sich gerade über Behringers Verhalten unterhalten. Beide waren sich ziemlich sicher, dass Behringer nie etwas von Jens Strom gehört hatte.

„Dass du in Ordnung bist, ist mir schon klar, sehe ich doch. Außerdem: Unkraut vergeht nicht", haute Philipp raus. „Doch Sie, liebe Frau Waatstedt, Rike, Sie wurden doch nicht verletzt?", fragte er und hatte ihre Hand gegriffen.

Rike runzelte die Stirn und entzog ihm ihre Hand. „Schorlau, ich hab doch gar nichts abbekommen, jetzt beruhigen Sie sich. Sagen Sie uns lieber, ob auf der Karaliene, dem Schiff von Behringer, Blut von Jens Strom gefunden wurde."

Schorlau setzte sich neben Rike vor Fabers Schreibtisch. „Ich habe so viel Luminol und Wasserstoffperoxid-Lösung auf dem Tanker verspritzt, dass die KTU ihre Bestände neu auffüllen muss. Kein Blut, da hat sich noch nicht mal jemand in der Kombüse geschnitten."

„Er kann auch woanders umgebracht worden sein", gab Rike zu bedenken. „Die Karaliene lief aus in Richtung Litauen und hat bei Helgoland vorher verklappt. Dass Jens dort nicht über Bord geschmissen wurde, wissen wir doch bereits, sonst wäre sein Körper verätzt worden."

„Ja, stimmt", bestätigte Faber. „Ich hatte nur gehofft, dass Jens sich als blinder Passagier vielleicht an Bord befand und man ihn auf der Rückfahrt zum Seaport Emden über Bord gehen ließ."

„Faber, wenn dem Jungen die Gliedmaßen auf dem Schiff abgetrennt worden wären, dann hätte niemand den Tanker so reinigen können, dass ich nicht doch Spuren gefunden hätte", machte Schorlau noch einmal ganz klar. „Außerdem vergiss bitte nicht, dass er fünf Tage im Wasser lag, daran gibt es nichts zu deuten. Polizeimeister Husman sagte mir, dass die Karaliene am Freitag, den sechsundzwanzigsten Januar, am späten Nachmittag Richtung Skagerrak auslief. Die Rückreise war erst eine Woche später, da hatten wir Jens Strom schon gefunden!"

„Wisst ihr was", sagte Rike plötzlich sehr bestimmt. „Diese Auftragskiller, wenn die Jens Strom wirklich umgebracht haben sollten, warum eigentlich die Verstümmelung? Wenn die Mafia Zugang zu hochkonzentrierten Säuren gehabt hat, warum haben sie den Toten nicht in die Säure geschmissen und sind ihn so losgeworden? Dann wäre Jens irgendwann als vermisst gemeldet worden und man hätte nie wieder von ihm gehört."

Faber und Schorlau sahen sie ernst an. „Eigentlich hast du recht. Die Verstümmelungen sehen aus wie von jemandem begangen, der einen schlechten Mafiafilm gesehen hat und uns auf eine falsche Spur lenken wollte. Das organisierte Verbrechen wäre pragmatischer, genau wie du sagst", grübelte Faber laut. In dem Moment hörten sie eine wütende Stimme vom Flur.

„Wo zum Teufel ist Faber?" Eine Sekunde später schneite der Erste Kriminalhauptkommissar Friedrichs aus Oldenburg in das Büro. Er knallte Faber eine Sonderausgabe des BRENNPUNKT auf den Schreibtisch. Ein Magazin, das in den letzten Jahren selbst dem STERN den Rang abgelaufen hatte. Faber, Rike und Schorlau trauten ihren Augen nicht, als sie die Titelseite sahen. Es zeigte eine Nachtaufnahme des Tankers

Karaliene auf hoher See. Quer darüber die Schlagzeile in knallroter Schrift:

DIE CHEMIEMAFIA IST WIEDER DA!
DÜNNSÄUREVERKLAPPUNG VOR HELGOLAND DURCH
FARBWERKE DIRKSEN

***

„Können Sie sich vorstellen, was ich mir vom Polizeipräsidenten anhören musste? Der hat nämlich einen Anruf vom Umweltminister aus Berlin bekommen", schnauzte Friedrichs Faber an. „Ich musste zugeben, von der Verklappung gewusst zu haben!"

Faber hatte sich die Sonderausgabe gegriffen und blätterte sie durch. Neben vielen alten Bildern von Greenpeace-Aktionen in den 1980ern mit den Tankschiffen Kronos und Titan fanden sich aktuelle Fotos der Karaliene. Wie sie aus dem Emder Hafen auslief und auf hoher See. Außerdem waren Zolldokumente abgebildet, die in Litauen abgestempelt waren. Faber sah sich das Impressum an und fand etwas, das ihn völlig aus dem Konzept brachte.

„Wer von Ihren Leuten hat das an die Presse durchsickern lassen? Seit einer Woche halten wir die Dünnsäureverklappungen unter dem Tisch und ich hatte Ihnen ausdrücklich gesagt, dass nichts an die Öffentlichkeit dringen darf", fuhr Fabers Chef mit seiner Litanei fort. „Oder haben Sie diesen Wittsund vom WSA nicht unter Kontrolle?"

„EKHK Friedrichs, das war keiner von uns, hier, sehen Sie", meinte er und zeigte auf das klein gedruckte Impressum. „Hier steht, der ermittelnde Reporter wird aus Sicherheitsgründen nicht genannt, es wurden nur zwei Initialen angegeben: J.S."

„Ja und?", ließ sich Friedrichs immer noch nicht beruhigen.

„J.S., das sind die Initialen unseres ersten Toten, Jens Strom", klärte Faber seinen Chef auf. „Wir müssen morgen sofort nach Hamburg und mit dem Chefredakteur des BRENNPUNKT reden. Denn wenn Jens Strom die Texte und Fotos für die Sonderausgabe an den BRENNPUNKT weitergegeben hat, frage ich mich, warum die nicht schon viel früher veröffentlicht haben."

„Es sei denn, jemand anderer hat sich als Jens Strom ausgegeben und an den BRENNPUNKT gewandt", meinte Rike an Friedrichs gewandt. „Wer immer das war, ist wahrscheinlich auch der Mörder von Jens Strom."

„Verstehe", lenkte Friedrichs etwas ein. „Dennoch, sowohl im Ministerium in Niedersachsen, in Schleswig-Holstein als auch in Berlin steht man Kopf. Was glauben Sie, was da politisch auf uns zukommt?"

Faber stand auf, verzog sein Gesicht und griff sich an den Rücken. „Keine Ahnung, EKHK Friedrichs, für die Politik sind Sie zuständig. Ich bin nur Ermittler und wir fahren morgen nach Hamburg", meinte er und Friedrichs wollte schon etwas erwidern. „Entschuldigen Sie uns jetzt, denn wir alle sind verdammt erschöpft. Auf Kollegin Waatstedt und mich wurde letzte Nacht geschossen, mich hat man sogar getroffen. Es wird Zeit, nach Hause zu fahren."

Rike und Schorlau sahen Faber völlig verblüfft an, wie er sich ihrem Chef gegenüber benahm. Doch da Friedrichs nichts mehr sagte und Faber nur wütend anstarrte, standen die beiden ebenfalls auf. Faber schnappte sich seinen Mantel.

„Das wird ein Nachspiel haben, KHK Faber", drohte Friedrichs autoritär.

„Ja, natürlich, EKHK Friedrichs. Sie haben recht. Ermittlern, die zwei Auftragskiller, einen verbrecherischen Geschäftsführer und einen korrupten Greenpeace-Leiter verhaften konnten, sollte man mit Suspendierung und Konsequenzen drohen", entgegnete er voller Sarkasmus. „Ach, ich vergaß, unter Einsatz ihres Lebens!" Faber sah seinen Chef müde an. „Rike, Philipp, kommt ihr", forderte er die beiden auf, zog seinen Mantel an und verließ das Büro.

Kapitel 8

„Warum sitze ich eigentlich hier bei euch im Auto?", fragte Schorlau, als sie am anderen Morgen von Klein Hauen Richtung Hamburg starteten. Er war nach dem Desaster mit Friedrichs zu Faber gefahren und hatte letzte Nacht dort übernachtet. Rike und Philipp hatten gestern kein Wort mehr aus Faber herausbekommen, denn er wollte nicht darüber reden, was zwischen ihm und Friedrichs vorgefallen war.

„Weil Oldenburg auf unserem Weg liegt. Du kannst aber auch mit nach Hamburg fahren, wenn du Friedrichs aus dem Weg gehen willst", erwiderte Faber seufzend und stellte die Rückenlehne des Beifahrersitzes etwas herunter.

„Okay, ich komm mit, denn Friedrichs wird immer noch kochen und ich habe keine Lust, auf ein Gespräch geordert zu werden", meinte Philipp. „Richard", sagte er dann sehr ernst und rutschte zwischen die Vordersitze. „Du bist gestern zu weit gegangen, das weißt du. Friedrichs ist niemand, der sich vor seine Leute stellt. Wenn seine eigene politische Karriere in Gefahr ist, dann sucht er einen Sündenbock. Er wird dich über die Klinge springen lassen!"

„Danke für die aufmunternden Worte, Philipp!", konterte Faber. „Rike, macht es dir was aus, wenn ich eine Zigarette rauche? Ich muss mich ablenken, mein Kreuz bringt mich um."

„Wenn es sein muss, aber mach das Fenster ein bisschen runter", gestattete sie es ihm, denn sie wusste, wie frustriert er momentan war. Faber griff in seinen Wollmantel, zog das alte angebrochene Päckchen heraus und zündete sich eine an. „Richard, ich muss Schorlau recht geben. Wenn du dich nicht bei Friedrichs entschuldigst, dann wirft er dich und unser ganzes Revier den Wölfen zum Fraß vor."

„Das kann er nicht, wenn wir ihm beweisen, dass der BRENNPUNKT seine Informationen von jemand anderem bekommen hat", brummte Faber und blies den Rauch aus.

Schorlau griff von hinten nach seiner Zigarette und nahm einen tiefen Zug, bevor er sie Faber zurückreichte.

„Das mag zwar helfen, doch du hast ihn vor uns beleidigt", warf Schorlau ein und rollte die Augen übertrieben. „Und wie! Der Mann ist ein Egozentriker, du musst dich entschuldigen."

Faber drehte sich zu Schorlau und stöhnte wieder. „Lieber lass ich mich noch einmal anschießen!"

„Friedrichs weiß doch, was in Frankfurt passiert ist, oder?", gab Rike zu bedenken, und Faber warf ihr einen strafenden Blick zu, weil sie das Thema vor Schorlau angesprochen hatte.

„Natürlich", antwortete er und wandte sich dann wieder an Schorlau. „Frag nicht, Philipp, das geht dich nichts an."

„Bitte, Richard", versuchte es Rike noch einmal. Sie hatten mittlerweile die A28 erreicht und Emden hinter sich gelassen. „Es stimmt, du musst dich entschuldigen. Ich kann keinen Chef gebrauchen, den man suspendiert oder nach Sachsen-Anhalt versetzt!"

„Mal sehen", gab Faber klein bei, um endlich Ruhe zu haben, und warf die Zigarette einfach aus dem Fenster. „Ich glaube, wir haben jetzt erst einmal Wichtigeres zu tun."

Drei Stunden später kamen sie bei Schneegestöber in Hamburg an. Sie passierten die Deichtorhallen zu ihrer Rechten und fuhren auf der Oberbaumbrücke über den Ericusgraben. Rike parkte direkt vor dem beeindruckenden Verlagshaus des BRENNPUNKT im Parkverbot. Da sie einen Streifenwagen aus dem Fuhrpark fuhren, sollten die Hamburger Kollegen nichts dagegen haben. Das neue Gebäude des BRENNPUNKT war absichtlich genau gegenüber dem Ericusgraben gebaut worden. Denn dort befand sich bereits das pompöse Gebäude eines anderen sehr bekannten Verlags. Man hatte nach den ersten Erfolgen des BRENNPUNKT keine Kosten gespart. Das fünfzehnstöckige Glasgebäude zeichnete sich durch einen Schriftzug aus, der sich in riesigen roten Lettern quer darüber zog und das Wort BRENNPUNKT wie einen Stempel auf einem Dokument erscheinen ließ.

„Ist das ein Verlag oder ein Museum für moderne Kunst?", fragte Schorlau, als sie in die Eingangshalle gingen. Links befand sich der Empfang und geradeaus, in der Mitte des Atriums, standen futuristische grasgrüne Besuchersessel um kleine Glastische.

„Schorlau, ab jetzt hältst du den Mund. Du bist nur ein Kollege, der zuhört", ermahnte ihn Faber. „Also keine Kommentare oder Anmerkungen. Rike und ich machen das hier!"

Es dauerte eine Weile, bis man sie abholte und in den fünfzehnten Stock brachte. Der Chefredakteur und einer seiner Ressortleiter warteten in einem Besprechungszimmer.

„Ich würde Sie eigentlich nicht empfangen, doch Sie sagten, es ginge um einen Mord", meinte der Chefredakteur souverän. „Wissen Sie, seit wir gestern Abend die Sonderedition rausgebracht haben, stehen unsere Telefone nicht mehr still. Es ist unsere Story und die lassen wir uns weder von der Polizei noch von den Politikern nehmen."

„Das kann ich verstehen", erwiderte Faber ruhig und nahm mit seinen Kollegen am Konferenztisch Platz. „Darum will ich auch gleich zum Punkt kommen. Ihr Reporter, der Ihnen die Story verkauft hat …", setzte er an, doch kam nicht weiter, weil ihm der Ressortleiter ins Wort fiel.

„Unterliegt dem Quellenschutz. Darum kann ich Ihrer Frage vorgreifen, die Antwort lautet nein. Wir geben Ihnen den Namen nicht, aber nur, um den freien Mitarbeiter zu schützen."

„Jens Strom braucht Ihren Schutz nicht mehr, er ist der Tote. Das ist der Mord, in dem wir ermitteln", nahm Faber ihm den Wind aus den Segeln.

„Was?", fragte der Chefredakteur entsetzt. „Aber wie kann das sein, und woher wissen Sie, dass er für uns den Artikel geschrieben hat?"

„Das ist eine lange Geschichte. Bitte sagen Sie uns, wann Sie den letzten Kontakt mit Jens Strom hatten", übernahm Rike jetzt das Gespräch. Der verantwortliche Ressortleiter sah seinen Chefredakteur fragend an, der nickte sofort.

124

„Wir haben Herrn Strom die Sonderausgabe vorgestern zugeschickt, damit er sie ein letztes Mal redigieren konnte. Er meldete sich gestern am frühen Morgen und wir sind dann in den Druck gegangen", erklärte der Ressortleiter aufrichtig.

„Tja", meinte Faber salopp. „Da haben wir das Problem. Hören Sie, was ich Ihnen jetzt erzähle, unterliegt der Schweigepflicht. Ich muss Sie davon unterrichten, dass Sie Zeugen in einem Mordfall sind und die Informationen, die ich Ihnen jetzt gebe, erst einmal nicht verwenden können."

„Sie sagten, erst einmal. Was ist für uns drin? Bekommen wir die Exklusivrechte für die Berichterstattung, wenn wir Sie unterstützen?", reagierte der smarte Chefredakteur sofort.

„Ja", sagte Faber ohne Umschweife, obwohl er eigentlich nicht die Befugnis hatte, solch eine Zusicherung zu machen. „Mit Ihrer Hilfe können wir den Mörder von Jens Strom vielleicht fassen. Wenn wir ihn haben, dann können Sie berichten, was Sie wollen, und ich verspreche, Sie bekommen von mir persönlich Namen und Fakten." Schorlau runzelte sofort die Stirn, denn er wusste, dass Faber sich gerade noch tiefer reinritt. Wenn Friedrichs erfuhr, dass er eine solche Absprache ohne sein Einverständnis traf, dann war wirklich Land unter. Faber umging völlig den formellen Dienstweg.

„Einverstanden, ich nagle Sie persönlich darauf fest. Wie können wir helfen?", ging der Chefredakteur sofort auf den Deal ein.

„Sie sagten, der letzte Kontakt mit Jens Strom erfolgte gestern Morgen", vergewisserte sich Faber beim Ressortleiter noch einmal und der bestätigte. „Zu dem Zeitpunkt war Jens Strom bereits seit etwa zehn Tagen tot." Die beiden Zeitungsleute sahen ihn völlig erstaunt an. „Wann erfolgte der erste Kontakt und vor allem, wie erfolgte er? Wie hoch war das Honorar und wie wurde bezahlt?", bombardierte Faber die beiden mit Fragen.

„Warten Sie", meinte der Ressortleiter und öffnete seinen Laptop. „Der erste Kontakt war genau wie alle anderen per Mail. Hier hab ich es, am Freitag, den sechsundzwanzigsten

Januar. Er schickte uns ein paar Fotos und eine Art Exposé. Nicht mehr als ein Appetithappen, doch ich sah gleich, dass die Story brandheiß war."

„Wir besprachen das Material", fuhr der Chefredakteur fort. „Entschieden dann, es zu kaufen, hörten aber bis zum ersten Februar nichts mehr von Herrn Strom. Dann kam die nächste E-Mail. Wir machten einen formellen Vertrag per Mail und informierten Herrn Strom, dass wir erst alle Fotos und Beweise sichten müssen. Außerdem sagten wir ihm zu, die Artikel der Sonderausgabe selbst schreiben zu können. Natürlich in Zusammenarbeit mit unserem Ressortleiter."

„Und bekamen Sie alles?", fragte Rike. „Was haben Sie dafür geboten?"

„Ja, wir bekamen alles, und es war besser, als wir erwartet haben. Wir haben Jens Strom einen fünfstelligen Betrag angeboten und weitere Boni, wenn seine Artikel ebenso brisant werden", beantwortete der Ressortleiter wieder die Frage. „Doch Sie sagten, dass Jens beim zweiten Kontakt bereits tot war. Heißt das, wir haben mit seinem Mörder verhandelt?"

„Das ist anzunehmen", erwiderte Faber ehrlich. „Denn Jens Stroms Laptop und sein Handy, all das war nicht zu finden. Wir vermuten, sein Mörder hat sich alles angeeignet."

„Können wir uns jetzt bitte die Mails ansehen", meldete sich Schorlau plötzlich zu Wort und Faber sah ihn warnend an. „Es gibt definitiv ein unterschiedliches Sprachmuster, wenn Jens die erste Mail und sein Mörder die folgenden Nachrichten geschrieben hat", erklärte er Faber. „Das erkenne ich!"

„Okay, bitte drucken Sie uns alles aus und unser Forensiker sieht es sich gleich an", forderte Faber den Ressortleiter auf. „Wir sollten uns dann darüber unterhalten, wie die Zahlung abgewickelt wurde."

Der Chefredakteur schüttete mehrere Tassen Kaffee ein und stellte sie vor die drei Beamten, während der Drucker anfing zu brummen. Gleich darauf vertiefte sich Schorlau in die Ausdrucke, während der Chefredakteur anfing zu berichten. „Das war natürlich etwas abenteuerlich, doch da die Mafia involviert war, sind wir auf die Forderungen von Jens eingegangen. Wir stellten eine Plastiktüte in ein von ihm vorgegebenes Schließfach am Hamburger Hauptbahnhof, das war Mittwochmorgen zur Rushhour, genau um halb acht. Die Chipkarte befestigten wir mit einem Klebestreifen über den Schließfächern, wie er es angewiesen hatte. Das Geld war in Geschenkpapier verpackt worden. Gegen zwölf schickten wir wieder jemanden dorthin, die Chipkarte war am gleichen Platz, und als wir öffneten, fanden wir endlich die Originaldokumente, die wir vorher nur von den Mailanhängen kannten. Das war eine erstklassige Recherche, aus Jens Strom wäre ein brillanter investigativer Reporter geworden", endete der Mann bedauernd.

„Wie viel Geld war genau in dem Geschenkpapier?", erkundigte sich Faber. „Wir müssen das wissen", fügte er an, weil der Chefredakteur zögerte.

„Achtundneunzigtausend Euro, plus Reisespesenerstattungen in Höhe von siebentausend Euro", beantwortete Schorlau die Frage und tippte auf die Papiere. „Steht alles in den Mails."

„Reisespesen?", fragte Rike erstaunt.

„Ja, ich habe die Originalbelege, Flugtickets nach Klaipėda, Hotels in Litauen, Wilhelmshaven, Mietwagenabrechnungen und Schmiergeld."

„Kein Boot? Jens muss doch ein Boot gechartert haben, wenn er die Karaliene verfolgt hat. Gab es darüber keine Abrechnung?" Faber sah den Zeitungsmann an, doch der schüttelte nur den Kopf.

***

Bepackt mit den Originalbelegen, die Schorlau gleich in Beweistüten verpackt hatte, deren Kopien und den Mailausdrucken verließen sie das Verlagshaus. Sie konnten nur hoffen, dass der Chefredakteur sein Wort halten würde und nichts weiter veröffentlichte, bis Faber sich bei ihm für ein Exklusivinterview meldete. Als sie wieder im Auto saßen, zückte Faber sein Handy und drückte eine Kurzwahl. „Kriminalhauptkommissar Faber, ich muss sofort EKHK Friedrichs sprechen", sagte er und wartete. Rike und Schorlau unterbrachen sofort ihre Unterhaltung, um zuzuhören. „Guten Morgen EKHK Friedrichs, hier ist Faber. Ich glaube, ich muss mich erst einmal für meinen rüden Ton gestern Abend entschuldigen. Es war ein wahnsinnig anstrengender Tag gewesen und ich gebe zu, ich hatte ziemliche Schmerzen. Verzeihen Sie meinen unverschämten Ton!"

Dann herrschte erst einmal Stille und Faber nickte, während er zuhörte. „Natürlich war das unangemessen, das weiß ich, Herr Friedrichs. Nein, es kommt nicht mehr vor. In Ordnung, danke Ihnen, aber ich habe auch gute Nachrichten", sagte er dann und Rike atmete erleichtert aus. Faber berichtete sofort von ihrem Besuch beim BRENNPUNKT. „Wir müssen von der Bundespolizei in Hamburg die Videoüberwachungsbilder der Schließfächer bekommen, und zwar von Mittwochmorgen ab sieben Uhr." Wieder hörte Faber zu. „Das ist sehr hilfreich, danke, wir fahren gleich dort hin. Auf Wiederhören."

„Das muss wehgetan haben", ketzerte Schorlau und meinte damit Fabers Entschuldigung.

„Halt ja den Mund", drohte Faber und hantierte mit dem Navi. „Ich brauchte ihn, er ruft gerade bei der Bundespolizei an. Er informiert sie, dass wir kommen und die Videoüberwachungen sehen müssen. Nur so geht das heute noch, andernfalls wäre mir diese Entschuldigung nie über die Lippen gekommen." In dem Moment meldete sich das Navi und zeigte die Strecke zur Wilsonstraße, dem Hauptsitz der Bundespolizei in Hamburg, an. „Fahr schon los", knurrte er Rike an.

Sie startete den Motor, doch bevor sie losfuhr, tätschelte sie Fabers Oberschenkel. „Gut gemacht, Chef!"

Als die drei nach einer halben Stunde auf das Gelände fuhren, war bereits alles vorbereitet. Man brachte sie gleich in einen der Kommunikationsräume, wo ein Beamter schon mit den Überwachungsvideos auf sie wartete. „Wir brauchen nur die Aufnahmen von den Kurzzeitschließfächern Steg Süd", sagte

Faber und setzte sich neben den Schreibtisch vor den großen Monitor. „Es ist Schließfach 305 ganz unten am Boden."

Der Beamte suchte die entsprechende Datei. „Nummer dreihundertfünf, da haben wir einen ganz schlechten Einfallwinkel für die Kamera, viel werden Sie nicht erkennen können."

„Hätte mich auch gewundert", murmelte Faber und ließ sich das Band abspielen. „Gehen Sie mit dem Vorlauf auf halb acht." Sie sahen sich die Aufnahmen an.

„Da, das ist doch der Ressortleiter. Die Qualität ist wirklich schlecht, wenn er nicht noch eben vor mir gestanden hätte, dann würde ich ihn kaum erkennen", bemerkte Rike. Sie sahen sich mit langsamer Vorlaufgeschwindigkeit die weitere Stunde an. Dann um neun Uhr kam eine Person zu dem Schließfach, entnahm den Plastikbeutel, stellte eine andere Tüte hinein und klebte die Chipkarte wieder auf das oberste Schließfach Nummer 308.

„Schwarzer Hoodie, schwarze Jeans, Turnschuhe, ein Rucksack und eine Sonnenbrille", kommentierte Schorlau. „Das kann jeder sein!"

„Sehen wir uns die Aufnahmen der anderen Kameras im Bahnhof an", schlug der Bundesbeamte vor. „Vielleicht können wir verfolgen, wo die Person hingegangen ist." Man sah den Verdächtigen, wie er den Südsteg verließ in Richtung Ausgang Mönckebergstraße. „Moment, er biegt nach rechts ab, vielleicht bekomme ich ihn jetzt von vorne."

„Verdammt", fluchte Faber. „Der Typ weiß genau, dass im Bahnhof Kameras sind, so wie er den Kopf senkt."

„Wo ist er hin?", fragte Rike, nachdem er aus dem Blickwinkel der Kamera verschwunden war.

„Weder auf der Rolltreppe nach oben noch nach unten", sagte der hilfsbereite Beamte und suchte weiter in den Dateien. „Da, er geht runter zu den WCs."

„Ich nehme an, wir haben dort keine Kameras, richtig?"

„Nein, nur zu der Treppe, die runterführt, Moment." Das Bild wechselte wieder und sie sahen die schwarz gekleidete Person, wie sie auf die Herrentoilette ging.

„Na, dann lassen Sie die Aufnahme mal weiterlaufen, er muss ja auch wieder hochkommen", meinte Faber. „Oder gibt es dort Fenster, die man überwinden kann?" Der Beamte schüttelte nur den Kopf und schaltete erneut auf langsamen Vorlauf.

„Das ist ja wie im Ameisenhaufen, ständig kommen und gehen Leute", schimpfte Schorlau und blieb gebannt mit seinem Blick auf dem Monitor. Sie hatten sich weitere vier Stunden Laufzeit im Schnellvorlauf angesehen, doch ihr Verdächtiger war nicht wieder von der Toilette gekommen.

„Könnten Sie uns die Sequenzen vom Schließfach bis zur Toilette per Mail schicken?", bat Faber. „Tut mir leid, das wird einiges an Arbeit für Sie, doch wir bräuchten auch von jedem, der die Herrentoilette verließ, nachdem unsere Zielperson reingegangen ist, ein vergrößertes Standbild."

„Das ist kein Problem, mit unserer Technik kann ich das schnell erledigen", erwiderte der Beamte. „Haben Sie am Nachmittag!" Dann nahm er Fabers Visitenkarte.

„Wir setzen dich jetzt bei der KTU Oldenburg ab, wegen der Fingerabdrücke auf den Originalbelegen, und wir sichten die Kopien in Emden. Dann nehmen wir uns das Material vor, das die Bundespolizei uns hoffentlich bis dahin geschickt hat", erklärte Faber, als sie bereits wieder Richtung Autobahn unterwegs waren.

„Aber nur, wenn du mir bei der nächsten Raststätte Currywurst mit Pommes kaufst", erwiderte Schorlau von hinten. Rike lachte auf und meinte: „Mir bitte auch, ich verhungere!"

***

Es wurde vier Uhr, bis sie wieder das Großraumbüro in Emden betraten. Es herrschte das reinste Chaos, alle vier seiner

Mitarbeiter hingen am Telefon und es klingelte auf weiteren Leitungen.

„Nein, wir nehmen keine Stellung, und hören Sie auf, die Leitungen der Polizei zu blockieren, die ist für Notrufe vorgesehen", schnauzte Friedhelm gerade jemanden am Telefon an, dann knallte er den Hörer auf die Gabel.

„Was ist denn hier los?", fragte Faber erstaunt.

„So geht das schon den ganzen Tag", berichtete Friedhelm und raufte sich durch seine spärlichen Haare. „Ich glaube, so ziemlich jede Zeitung des Landes hat bei uns angerufen."

„War eine blöde Frage", murmelte Faber, eher zu sich selbst. Nach dem Sonderheft des BRENNPUNKT hätte er damit rechnen müssen. „Alle mal herhören. Wer mit einem Reporter redet, legt jetzt auf. Stellt eure Leitung auf die Zentrale um, ich will euch in zehn Minuten zu einer Lagebesprechung in meinem Büro sehen." Er ging in die Küchenecke, drückte eine Paracetamol-Tablette aus dem Blister und nahm sie mit einem Schluck Wasser.

„Geh schon in dein Büro, ich bringe dir einen Kaffee mit", bot Rike an, die hinter ihm stand.

Es war für alle ein anstrengender Tag gewesen, und das sah Faber seinen Mitarbeitern, die jetzt wieder in seinem Büro saßen, auch an. Er fasste zusammen, was sich heute in Hamburg ereignet hatte, dann bat er Friedhelm um seinen Bericht.

„Der Staatsanwalt hat für Sie angerufen, Faber", fing Friedhelm an und sah auf die Liste auf seinem Schoß. „André Behringer ist schachmatt. Die KED Oldenburg hat diesen Igor Semunjuk über Behringers Aussage informiert, der muss im Verhörraum völlig ausgetickt sein. Das Ende vom Lied, er hat Behringer als Auftraggeber für die geplanten Morde an Sie und Rike benannt."

„Hält das stand vor Gericht?", unterbrach ihn Rike.

„Es kommt noch mehr. Igor ist wohl ein kluges Köpfchen, er hat die Telefonate von Behringer an ihn alle mitgeschnitten und ist bereit, für gewisse Annehmlichkeiten bei seiner

Haftstrafe, Behringer ans Messer zu liefern", erklärte Friedhelm.

Faber schlug seine Faust in die Hand und sagte erfreut: „Den haben wir im Sack!"

„Wird noch besser. Die Mannschaft der Karaliene ist verhaftet worden und der Staatsanwalt hat Igors Aussage dann Behringer und seinem schneidigen Anwalt zukommen lassen. Keine Stunde später wollte Behringer einen Deal, um im Gegenzug Mafiamitglieder in Holland und in Litauen hochgehen zu lassen."

„Wenn der Kerl denkt, dass er Zeugenschutz bekommt und verschwinden kann, dann hat er sich aber geschnitten", fuhr Rike sofort dazwischen.

„Das haben nicht wir zu bestimmen", wies Faber sie in die Schranken. „Ich nehme an, dass Leute von Europol und Interpol hierher unterwegs sind?"

„Sagt der Staatsanwalt jedenfalls. Er hat gefragt, ob du weiter bei den Verhören involviert sein willst", informierte ihn Steiner.

Faber schüttelte den Kopf. „Nein, die Sache ist für uns erledigt. Mit den Lorbeeren kann sich dann Oldenburg schmücken. Wir kehren zu unserem Mordfall Jens Strom zurück. Was haben wir in der Richtung?"

„Auch einiges", übernahm Torben Husman jetzt das Wort. „Die Kollegen aus Norden haben sich gemeldet. Sie haben Martin Wegeners Alibis geprüft. Nicht nur ist sein Zeitplan für das Wochenende von Stroms Tod lückenhaft, wir haben sogar eine junge Frau, die ihn mit Jens Strom am Freitag, den sechsundzwanzigsten Januar, gesehen haben will. Er muss sich wohl am frühen Nachmittag in einem Café in Norden mit ihm getroffen haben."

„Da schau einer an, jetzt kommt langsam Licht ins Dunkle", meinte Faber und grinste zufrieden. „Torben, ruf die Kollegen in Norden noch einmal an, bitte Sie darum, Martin Wegener zu finden, es muss eine Zivilstreife an ihm dranbleiben."

„Hab ich schon gemacht, als ich das hörte. Der Kerl ist im Haus seiner Eltern, zwei unserer Leute beobachten die Villa, falls er versucht sich abzusetzen."

„Ausgezeichnete Arbeit, Torben", lobte Faber überschwänglich. „Auch von Ihnen, Friedhelm, und natürlich unseren beiden neuen Anwärtern! Wenn es nichts anderes mehr gibt, dann haben wir heute Abend noch ein paar Stunden vor uns", sagte er dann und gab Friedhelm einen USB-Stick. „Das sind die Standbilder aller Männer, die Mittwoch die Herrentoilette am Hamburger Bahnhof verließen. Die müssen gesichtet werden", bat er, aber verzog den Mund dabei. „Leider sind das einige hundert Männer. Suchen Sie nach jemandem, der von der Größe und Statur her dem Mann an der Gepäckausgabe ähnlich sein kann. Legen Sie sich auch ein Bild von Martin Wegener daneben."

„Dann willst du Martin Wegener heute nicht mehr verhaften?", fragte Rike etwas irritiert.

„Nein, nicht bei der juristischen Präsenz, die sein Vater ihm an die Seite stellt. Wir könnten ihn noch nicht einmal über Nacht festhalten, der Anwalt wird darauf bestehen, dass wir ihn einem Richternotdienst in einer Großstadt vorführen. Und du weißt, für einen Haftbefehl reichen die Beweise noch nicht", entgegnete Faber, denn er wollte in dem Fall noch nicht einmal eine Ermessensentscheidung treffen. Denn wenn das ins Auge ging, dann würde EKHK Friedrichs ihm sofort wieder in den Rücken fallen.

„Dann sprechen wir gleich morgen früh mit ihm?", fragte Rike rhetorisch. „Verwickelt er sich bei seinen Aussagen in Widersprüche, können wir Haftbefehl erlassen. Ich denke, unser Staatsanwalt ist momentan so glücklich über die Mafiageschichte, der stellt uns alles aus und überzeugt sogar einen Richter. Und haben wir ihn erst einmal in Gewahrsam, dann ist bestehende Fluchtgefahr der beste Haftgrund!"

„So gefällst du mir. Immer schön nach den Dienstvorschriften handeln", erwiderte Faber etwas ironisch, doch nickte ihr lächelnd zu. „Genauso machen wir das. Komm, Rike, wir kümmern uns jetzt um die Kopien der Belege, die wir vom BRENNPUNKT bekommen haben."

***

„Wollen wir Knut noch abholen und nach Hause bringen?", fragte Faber, als sie sich gegen neun Uhr endlich entschlossen hatten, aufzuhören. Dann überlief es Faber plötzlich heiß. „Meine Güte, vor lauter Aufregung haben wir gar nicht mit Knut gesprochen, der bringt mich um", sagte er und blies übertrieben die Luft aus.

Rike sah ihn vom Fahrersitz an und schüttelte den Kopf. „Richard, er ist mein Opa, glaubst du etwa, ich habe nicht mit ihm gesprochen seit der Schießerei? Natürlich habe ich ihn vorgestern Nacht noch vom Krankenhaus angerufen, ich bin doch nicht lebensmüde! Nur zur Information, ich musste mit Engelszungen reden, denn Opa wollte sofort ein Taxi nach Norden nehmen, als er erfuhr, dass es dich erwischt hat."

„Wirklich?", fragte Faber sichtlich erleichtert und auch etwas gerührt. „Und holen wir ihn jetzt bei Hannes ab?"

„Nein, die hatten heute mit Pewsum ihren Boßel-Wettkampf. Entweder sie haben gewonnen und feiern jetzt im Hafenkieker ihren Sieg oder begießen ihre Schmach", erklärte Rike. „Er wird auf jeden Fall einen über den Durst trinken, da soll er man lieber bei Hannes schlafen."

„Muss ich wissen, was ein Boßel-Wettkampf ist?", konsultierte er sie.

Rike lachte. „Das bringe ich dir bei besserem Wetter bei. Als Ostfriese musst du das wissen." Sie bog in das Lüttje Enn ein und zu ihrem Erstaunen brannte in Rikes Haus Licht. Kaum waren sie aus dem Wagen gestiegen, stand Knut auch schon an der Haustür.

„Na endlich", sagte er auf Hochdeutsch und anscheinend völlig nüchtern. „Reinkommen! Beide", befahl er.

„Oh, oh, jetzt bekommen wir eine Predigt", raunte Rike und zog Faber an seinem Mantelärmel mit sich, damit er sich nicht verdrücken konnte.

Knut sah Rike im Flur etwas brummig an, doch dann nahm er sie fest in den Arm. „Gott Loof un Dank, mien Deern", sagte er und streichelte ihre Wange. Eine Sekunde später wurde Faber von dem kleinen runden Mann umarmt und erhielt einen freundschaftlichen Klaps auf den Rücken, sodass er laut aufschrie. Knut hatte ihn natürlich mit seiner Herzlichkeit genau an der verletzten Stelle erwischt. „Oh, tut mir leid, mien Jung, alles wieder good?"

„Schon okay, Knut", murmelte Faber, stöhnte ein bisschen und zog dann die Augenbrauen in Rikes Richtung hoch. Rike biss sich auf die Unterlippe, um nicht lachen zu müssen.

„Rinn in die goode Stuuv", meinte Knut gut gelaunt und half Faber aus dem Mantel. Dann stellte er ihm wie immer ein paar Schlappen hin. Faber wunderte sich sehr, dass sie plötzlich passten, denn sonst waren ihm Knuts Hausschuhe zwei Nummern zu klein und er schlurfte nur so damit rum. „Hab ich heute für dich gekauft, mien Jung", sagte Knut und nickte auf die Hausschuhe. „Passen, oder?" Faber blickte auf die unmodernen Cordschlappen und musste trotz seiner pochenden Schmerzen in sich hinein grinsen. Das waren Hausschuhe, die sich Faber noch nicht mal als alter Mann kaufen würde, doch die Geste zählte.

„Ja, danke, Knut, womit verdiene ich die Ehre?", fragte er deshalb und folgte ihm in die Küche. Knut hatte extra das gute Geschirr herausgeholt, und auf dem Herd standen Töpfe, aus denen es sehr gut duftete.

„Opa, ist das Grünkohl?", fragte Rike begeistert und hob den Deckel an. Sofort setzte sie sich an den gedeckten Küchentisch.

„Ja, für uns mit Pinkel, und für mien Jung gibt es einen Backfisch dazu", sagte Opa stolz. Er füllte ihre Teller, nahm kaltes Bier aus dem Kühlschrank und stellte es für sie hin.

„Ich hatte eigentlich gehört, dass du heute boßelst und feierst", bemerkte Faber und machte sich heißhungrig über sein Essen her. Es war wieder köstlich, obwohl Faber rausschmecken konnte, dass Knut den Grünkohl mit den Würsten zusammen gekocht hatte.

„War nicht so wichtig, ich wollte lieber mit euch essen", erklärte Knut und langte ebenfalls zu.

Faber kaute seinen Mund leer, dann sagte er: „Knut, du musst dir wegen mir keine Sorgen machen, es ist nur eine Prellung, das ist in einer Woche vergessen." Dabei hatte ihm der Arzt gesagt, dass die Kontusion auch die Knochenhaut betraf, was sehr schmerzhaft und vor allem langwierig war. Aus der geflunkerten Woche würde eher ein Monat.

„Schnickschnack, du bist jetzt Familie und ich sorge mich um dich, fast genauso wie um meine Rike", erwiderte Knut unwirsch. „Pass das nächste Mal besser auf, sonst erlebst du von mir ein Donnerwetter!" Dann nahm er sein Bierglas und trank einen kräftigen Schluck. „So, wegen euch beiden hat Greetsiel heute gegen Pewsum verloren, da ich als Kapitän des Boßel-Teams nicht dabei war. Darum müsst ihr mir zur Entschädigung alles von eurem Fall erzählen."

Rike wollte schon ansetzen, doch Faber kam ihr zuvor. „Nur, wenn Rike nicht mit vollem Mund spricht. Grünkohlflecken bekomme ich aus meinem weißen Hemd nie mehr raus!"

Rike und Faber wechselten sich ab bei dem Bericht und Knut kommentierte die Geschichte mit mehreren deftigen „Dunnerkiel". Dann stand Knut auf, räumte die Teller in die Spüle und stellte eine Genever-Flasche aus dem Eisfach auf den Tisch. „Na, da habt ihr ja einiges erlebt, ich glaube, ihr könnt euch ein paar Genever gönnen."

„Langsam, Knut, wir müssen morgen früh fit sein, außerdem nehme ich Schmerztabletten und muss diese verdammte Salbe noch auf meinen Rücken bekommen. Also nicht mehr als einen für mich", ordnete Faber an und lehnte sich vorsichtig zurück. Es hatte so gut geschmeckt, dass er aus reinem Appetit viel zu viel gegessen hatte.

„Hast du die Salbe dabei?", fragte Rike sofort.

„In der Manteltasche, wieso?"

Sie sprang auf und holte die Tube. „Los, runter mit dem Hemd und zieh das T-Shirt hoch. Ich mach das, du kommst doch dahinten gar nicht ran", meinte sie rigoros. Genau wie bei Knut war es schwer, Rike zu widersprechen, also tat Faber, was sie sagte. „Auweia, das sieht ja schlimm aus, zieh das T-Shirt ganz aus, sonst kann ich dich nicht richtig eincremen und dann tut es nur weh."

„Hier?", fragte Faber etwas verlegen. Mittlerweile hatte sich Knut über den Tisch gebeugt und sah sich die Bescherung an.

„Jetzt mach schon", forderte Rike genervt. Faber blieb nichts anderes übrig, er fügte sich.

„Nakend is he ok en schmucken Keerl", sagte Knut. „Hat sogar Haren up de Borst."

„Schnabel tomaken", schimpfte Rike mit ihrem Opa. „Anners werd he schenant!" Dabei strich sie Faber vorsichtig das Heparin über den Rücken.

„Ich will gar nicht wissen, was ihr beide da gerade besprochen habt. Irgendetwas mit Haaren auf der Brust, das genügt mir schon, nichts übersetzen, bitte", brummte Faber säuerlich, doch eigentlich ging es ihm gerade richtig gut, denn er genoss Rikes Zuwendungen.

„Jetzt müsst ihr also nur noch den Mörder von Jens Strom finden", lenkte Knut ab und betrachtete seine Enkelin, die sich erstaunlich hingebungsvoll mit Fabers Rücken beschäftigte. Er grinste kurz, sodass es keiner sah, und schüttete sein Schnapsglas noch einmal voll. „Ihr glaubt, dieser Freund von Jens, Martin Wegener, ist schuldig?"

„Danke, Rike", meinte Faber und lächelte sie an. Dann zog er sich sein weißes T-Shirt wieder über, während sie sich die Hände wusch. „Vielleicht, er hat gelogen, Jens vor seinem Tod noch einmal gesehen und sein Alibi hat Löcher."

„Außerdem hat ein Mann das Geld vom BRENNPUNKT aus dem Schließfach geholt", steuerte Rike bei.

„Das ist doch aber ziemlich dumm von diesem Martin", meinte Knut und drehte seinen Genever in den Händen. „Ich meine, euch anzulügen, dem musste doch klar sein, dass es irgendwann rauskommt. Da hätte er sich doch eine bessere Geschichte ausdenken können." Dann stieß er mit Rike und Faber an und sie tranken. „Außerdem, was für ein Motiv soll der Martin denn haben? Geld hat er doch genug. War er eifersüchtig? Vielleicht verliebt in Jens' Freundin?"

„Bestimmt nicht, die beiden können sich auf den Tod nicht leiden", erwiderte Rike.

„Vielleicht aus Geltungssucht, denn die Reportage wurde veröffentlicht", folgerte Faber vorschnell.

„Schnickschnack, du hast doch gesagt, dass die Sonderausgabe unter den Initialen J. S. erschien. Wenn das alles zu Ende ist, dann wird der BRENNPUNKT Jens' Namen erwähnen, da hat doch Martin nichts von. Nee, nee, da geht es um Geld, da müsst ihr nachhaken", sagte Knut überzeugt und kratzte sich den Schädel unter seiner Kapitänsmütze.

Kapitel 9

„Morgen ihr beiden", rief Schorlau fröhlich über die Freisprechanlage ihres Streifenwagens, den sie immer noch fuhren. Es war mittlerweile der dritte Wagen in kürzester Zeit und Faber hoffte, dass dieses Vehikel wenigstens so lange unversehrt blieb, bis sein neuer Dienstwagen kam. „Da ich ein pflichtbewusstes Kerlchen bin, habe ich gestern lange gearbeitet und biete euch Fingerabdrücke!"

„Leg schon los, Philipp", forderte ihn Faber auf und biss in sein Käsebrötchen, das sie heute Morgen im EDEKA mitgenommen hatten.

„Ich habe Fingerabdrücke, verschiedene. Einmal Jens Stroms, ist ja klar", machte Schorlau es wieder spannend und Rike stöhnte angenervt. „Die anderen gehören Martin Wegener."

Faber verschluckte sich an seinem Bissen, hustete und fragte dann: „Moment, woher weißt du, dass es Martin Wegeners Fingerabdrücke sind?"

„Tja, ich bin nicht nur ein pflichtbewusstes, sondern auch ein findiges Kerlchen", entgegnete Schorlau. „Es gab mal eine Ermittlungsakte von Martin Wegener, er war damals vierzehn, hat ein Auto gestohlen und musste Sozialstunden ableisten. Die Sache war natürlich in unserer Datenbank als Jugendstrafe mit dem Vermerk ‚gelöscht' vorhanden, doch im Keller des Gerichts Norden hatte man noch eine Kopie. Ich habe gestern Nachmittag unseren Staatsanwalt gebeten dort nachzufragen und heute Morgen bekam ich per Kurier die Unterlagen."

„Du bist dir ganz sicher?", vergewisserte sich Rike. „Er war damals vierzehn, dann ist die Sache mehr als zehn Jahre her, verändern sich denn Fingerabdrücke nicht bei Heranwachsenden?"

„Stimmt, tun sie, liebe Frau Waatstedt", bestätigte Schorlau. „Doch vor ein paar Jahren haben Wissenschaftler gemeinsam mit dem BKA herausgefunden, dass Fingerabdrücke von

Jugendlichen im Wesentlichen proportional zur Körpergröße wachsen. Wir können ihr Wachstum also mithilfe von Wachstumstabellen für Mädchen und Jungen vorhersagen."

„Ich bin offiziell beeindruckt", kommentierte Faber. „Das heißt, Martin hat ein weiteres Mal gelogen, er kannte nicht nur Jens' Recherchen, er hat sie sogar in der Hand gehabt. Damit ist er jetzt unser Hauptverdächtiger. Ich rufe gleich den Staatsanwalt an und lasse einen Haftbefehl ausstellen, wir sind sowieso auf dem Weg zu den Wegeners und mit den Beweisen können wir ihn jetzt gleich verhaften!"

Der Staatsanwalt war sehr erfreut über Fabers Anruf und versprach den Haftbefehl sofort zu organisieren. Er war bis über beide Ohren mit dem Fall Behringer beschäftigt und hoffte, den Mord Jens Strom damit erst einmal unter Dach und Fach zu haben. Denn bis zur Anklage würde es einige Zeit dauern. Rike bog wieder in die private Sackgasse der Wegeners ein, Martins Porsche stand vor dem Haus, neben einem Mercedes S-Klasse Coupé.

„Park die beiden Wagen ein, falls Junior türmen will", wies Faber Rike an, denn sie hatten die beiden Zivilfahnder, die unweit des Hauses im Selden Rüst geparkt hatten, zum Revier zurückgeschickt.

„Was wollen Sie schon wieder?", pflaumte sie Martins Vater an, als er öffnete. „Hier kommen Sie nicht rein!"

Faber hielt ihm sein Handy hin. „Herr Wegener, bitte machen Sie Platz, wir sind hier, um Ihren Sohn Martin Wegener wegen Verdacht eines Tötungsdelikts festzunehmen. Wenn Sie mit dem zuständigen Staatsanwalt sprechen wollen, der gerade den Haftbefehl beantragt, bitte. Er ist noch in der Leitung", entgegnete er ganz ruhig. Wegener riss ihm das Handy regelrecht aus der Hand. Dann wechselte er auch mit dem Staatsanwalt ein paar unschöne Worte, bevor er das Handy zurückreichte. Dennoch versperrte er ihnen weiter mit seinem massiven Körper den Weg.

„Herr Wegener, geben Sie den Weg frei, denn Sie machen sich gerade der Störung einer Amtshandlung gemäß Paragraf einhundertvierundsechzig Strafprozessordnung schuldig", sagte Rike nüchtern. „Da es sich um eine vorsätzliche Behinderung handelt, kann ich Sie dafür festnehmen."

Wegeners Gesicht wurde puterrot, er schnaufte, trat jedoch zur Seite. „Wo ist Ihr Sohn?", fragte Faber.

„Ich hole ihn, er ist auf seinem Zimmer", erwiderte der vor Wut schnaubende Mann.

„Nein, Sie bleiben hier. Wo ist es?"

„Oben, zweite Tür rechts. Ich rufe meinen Anwalt an und schwöre Ihnen, das wird ein Nachspiel haben!", fauchte Wegener und stampfte ins Wohnzimmer.

„Das musst du dir in letzter Zeit aber oft sagen lassen", meinte Rike ironisch, während beide die Treppe hocheilten. Dann stürmten sie, ohne zu klopfen, in Martin Wegeners Zimmer. Er lag in einem Jogginganzug auf dem Bett und riss sich die Kopfhörer runter.

„Spinnen Sie, einfach reinzukommen", schimpfte er lautstark.

„Vorsicht, sonst kommt noch Beamtenbeleidigung dazu", konnte Rike sich nicht bremsen. „Martin Wegener, wir nehmen Sie fest wegen Mordverdachts an Jens Strom. Dies ist eine Festnahme, der Haftbefehl wird gerade ausgestellt." Dann leierte Rike ihm seine Rechte herunter. Martin sah die beiden dabei an, als ob sie Außerirdische wären.

„Sie sind doch nicht ganz gesund", schrie er, nachdem er sich wieder gefangen hatte. „Jens war mein bester Freund, warum sollte ich ihn töten?"

„Ich hoffe, das werden Sie uns noch sagen", meinte Faber. „Ziehen Sie sich Schuhe und einen Mantel an." Er griff Martin hart am Arm und zog ihn vom Bett.

***

Es hatte den Anschein, dass Wegeners Anwalt Gewehr bei Fuß stand, denn eine halbe Stunde nachdem sie mit Martin auf dem Revier angekommen waren, war der Mann mit Wegener senior ebenfalls da. Als Martins Vater wieder anfing zu schreien, ließ Faber ihn des Reviers verweisen. Sie hatten dem Anwalt den Haftbefehl gegeben und er beriet sich mit Martin. Dann endlich konnten Faber und Rike ihr Verhör beginnen.

„Herr Wegener, wir haben eine Augenzeugin, die Sie mit Jens Strom am Freitag, den sechsundzwanzigsten Januar, also in der Zeit vor Jens Stroms Tod, gesehen hat. Sie saßen in einem Café zusammen. Die Inhaberin hat Sie und Jens Strom ebenfalls per Foto identifiziert und die Aussage bekräftigt", fing Faber eindringlich an, auf Martin einzureden. „Demnach waren Sie für eine halbe Stunde dort. Die Bedienung sagte aus, dass Sie beide einen lautstarken Streit hatten und Jens Strom wütend das Café verließ. Was haben Sie dazu zu sagen?"

Martin schluckte, der Anwalt nickte ihm zu. „Es stimmt, ich habe mich mit Jens getroffen und wir haben uns angeschrien, aber danach habe ich ihn nie wieder gesehen. Er war doch mein bester Freund", jammerte Martin.

„Beste Freunde, die sich anschreien? Worum ging es bei dem Streit?", fragte Rike kalt.

„Ich habe Scheiße gebaut, mit einem Mädchen in Wilhelmshaven", gab er kleinlaut zu. „Sie ist schwanger und ich wollte, dass sie abtreibt. Jens kannte sie auch. Dora hat ihn angerufen und ihm alles erzählt, sie will das Kind unbedingt behalten. Jens hat mich zusammengestaucht, dass ich Verantwortung übernehmen muss, er war echt sauer auf mich. Meinte, es wäre meine Pflicht gewesen, dafür zu sorgen, dass Dora nicht schwanger wird", erzählte Martin und griff sich durchs Haar. „Jens trug einen Heiligenschein, wenn es um so etwas ging." Dann schluckte er schwer. „Ich habe ihm gesagt, er soll sich zum Teufel scheren oder zu Jule, doch der Teufel und Jule sind ja ein und die gleiche Person."

„Und warum haben Sie uns das nicht gleich beim ersten Verhör gesagt?", fragte Faber ungehalten. Ein Mädchen in Schwierigkeiten zu bringen und dann sitzen zu lassen, ging Faber gehörig gegen den Strich.

„Schon vergessen, die ganze Zeit war doch mein Vater dabei. Der hätte mich rausgeschmissen, enterbt oder wahrscheinlich gleich totgeschlagen. Ich konnte Ihnen das nicht sagen. Außerdem hatte ich Angst, Sie würden etwas Falsches denken, wenn ich Jens kurz vor seinem Tod noch gesehen hätte."

„Hat Jens damit gedroht, es Ihrem Vater zu sagen?", reagierte Rike sofort. „Haben Sie ihn deshalb am Abend noch einmal getroffen? Kam es zu einer Rangelei, er fiel und war tot?"

„Sie sind verrückt, nein, nein, nein! Jens hätte mich nie verraten. Er hätte mir die Hölle heißgemacht, genörgelt, bis ich Dora geholfen hätte, aber mit meinem Alten hätte er sich nie verbündet." Martin war kurz vorm Heulen.

„Sie haben kein richtiges Alibi für den Abend, sind bereits um halb zehn aus dem Club verschwunden und kamen gegen ein Uhr dahin zurück. Erst dann haben Sie ein anderes Mädchen aufgegabelt und die Nacht mit ihr verbracht. Wo waren Sie die drei Stunden?" Faber durchbohrte ihn mit seinem Blick.

„Ich bin nach Norddeich raus, hab im Auto gesessen, geraucht und nachgedacht", jammerte er weinerlich. „Ich wollte Dora anrufen, doch dann habe ich es mir anders überlegt, wollte mich nur noch betrinken und bin in die Disco zurück."

„Drei Stunden nachgedacht!", meinte Rike zynisch. „Hat Sie jemand beim Nachdenken gesehen?"

„Nein, verdammt noch mal, ich war allein!"

„Wo haben Sie geparkt? Kann Sie dort jemand gesehen haben?", hakte Faber nach und machte sich Notizen.

„Auf der Mole, genau am Pier oben, da sind ein paar Parkplätze vor dem Restaurant, aber das hatte schon zu, war kein Licht mehr."

„Sie sagten, Sie wussten nichts von Jens' Recherchen, wieso sind dann Ihre Fingerabdrücke auf der Mappe?", bombardierte ihn Rike weiter mit den Tatsachen.

„Was?" Martin war irritiert über den plötzlichen Themenwechsel. „Keine Ahnung, doch Moment, als ich bei ihm in Westerhusen war, da lag die Mappe auf seinem

Schreibtisch. Ich habe sie mir gegriffen, als Jens Kaffee für uns holte. Ich war neugierig, ich wusste ja, dass er an einer Story arbeitet. Er hat sie mir aber gleich aus der Hand gerissen, als er wieder ins Zimmer kam. Ich habe gerade mal so ein eigenartiges Dokument gesehen. War irgendetwas vom Zoll, doch da riss er mir das Ding schon weg."

„Und warum haben Sie uns das nicht gesagt, als wir Sie über die Recherchen befragten?", wurde Faber laut. Entweder der Junge ist ein Volltrottel oder er zieht sich momentan eine Lüge nach der anderen aus der Nase, dachte er.

„Was hätte ich denn sagen sollen?", schrie Martin zurück. „Herr Kommissar, ich habe ein Dokument gesehen, das aussah wie vom Zoll? Ich habe doch noch nicht mal verstanden, was da stand, geschweige denn die Sprache, in der es geschrieben war."

„Das wäre eine gute Idee gewesen und Sie würden jetzt nicht so schuldig wirken", kommentierte Rike. Martin stellte seine Ellbogen auf den Tisch und versenkte sein Gesicht in seine Hände.

Faber griff in die Akte vor sich, holte ein Foto heraus und schob es ihm rüber. „Das sind Sie, Martin", sagte er. „Sie haben die Videoüberwachung vergessen."

„Das ist lächerlich", griff der Anwalt ein. „Die Person ist nicht zu erkennen, mit dem Hoodie, der Sonnenbrille und dem gesenkten Kopf."

Faber ignorierte ihn. „Sie haben sich das Geld aus dem Schließfach geholt, sind auf der Herrentoilette verschwunden, haben sich umgezogen und sind dann wieder rausmarschiert!"

„Welches Geld? Und wo soll das denn gewesen sein?" Mittlerweile liefen Martin wirklich Tränen über die Wangen.

„Diese Woche Mittwoch, neun Uhr morgens am Hamburger Hauptbahnhof. Das Geld, welches Sie für die Reportage bekommen haben, die Sie in Jens' Namen dem BRENNPUNKT verkauften." Faber zog die Sonderausgabe des BRENNPUNKT aus der Mappe und legte sie vor Jens.

„Ist das Jens' Recherche, der BRENNPUNKT hat eine ganze Ausgabe gedruckt?", fragte Martin und sein Erstaunen wirkte so echt, dass Faber sich die Beweise gegen ihn wieder ins Gedächtnis rufen musste. „Mein Gott, er hat es geschafft, das wollte er immer."

„Wo waren Sie Mittwochmorgen um neun Uhr?", fuhr Rike im scharfen Ton fort, sodass Martin zusammenzuckte.

„Im Bett, vor zwölf stehe ich nicht auf. Meine Mom war bestimmt da, sie kann das bezeugen", sagte er verzweifelt. „Moment, wenn Jens diesen Chemiekonzern entlarvt hat, dann haben die ihn umgebracht!"

„Nein, weil Sie es waren. Kooperieren Sie jetzt. Wenn es ein Unfall war, Sie Streit hatten und er unglücklich fiel, dann ist es nur Totschlag, vielleicht sogar Notwehr mit Todesfolge. Sie werden sich zwar für die Verstümmelung des Toten auch verantworten müssen, doch wenn Sie jetzt reden, werden wir dem Richter mitteilen, dass Sie kooperativ waren", versuchte Faber es jetzt mit Engelszungen. „Sagen Sie mir, wo Jens' Kopf und seine Gliedmaßen sind." Dann zog er sein letztes Ass aus dem Ärmel, nahm das Foto der KTU von Jens' schrecklich zugerichtetem Torso und legte es genau vor Martin. Er hoffte, der Schock würde ihn zum Gestehen bewegen.

Martin stieß einen Schrei aus, als er auf das Foto blickte, wurde kreidebleich und fiel ohnmächtig vom Stuhl. Sofort sprang Faber zu ihm, hielt ihm die Füße an den Hosenbeinen hoch und Rike organisierte den Notarzt.

***

„Es fehlt nicht mehr viel und ich fange an zu schreien", sagte Faber frustriert und stützte mit der Hand seinen Kopf auf. Rike saß vor seinem Schreibtisch und hatte die Arme verschränkt.

„Ich wusste gar nicht, dass es so etwas wie Blutphobie überhaupt gibt, ich dachte immer, nur Mädchen fallen beim Anblick von Blut und solchen Fotos in Ohnmacht", meinte Rike trocken. „Entweder Martin hatte einen Komplizen oder er war es nicht. Stell dir doch mal die Sauerei vor, die entsteht, wenn man jemanden mit einem Beil …", sagte sie gerade, doch Faber stoppte sie.

„Sprich es nicht aus. Der dumme Junge kann kein Blut sehen und ist ein Volltrottel, weil er durch seine widersprüchlichen Aussagen nur sich selbst belastet hat", unterbrach er sie.

In dem Moment kam Friedhelm rein. „Braucht ihr noch mehr Enttäuschungen? Kann ich euch bringen", meinte er, doch sein Scherz kam bei beiden nicht an. „Mittwochmorgen war Frau Wegener zwar nicht im Haus, weil sie bei der Kosmetikerin war. Doch ihre Putzfrau war dort. Ich habe gerade mit ihr geredet. Sie war gegen halb zehn in Martins Zimmer, wollte nachsehen, ob sie sauber machen kann. Sie schwört, dass er vor sich hin geschnarcht hat und noch nicht einmal bemerkte, dass sie reinkam."

„Danke, Friedhelm, noch mehr gute Nachrichten?", fragte Faber ironisch.

„Ja, leider. Das Pier-Restaurant an der Mole schließt freitags um zwanzig Uhr dreißig. Doch die Küchenbrigade macht immer am Freitag einen großen Küchenputz, weil jeden Samstag das zweite Team kommt. Die arbeiten im Wechsel. Martin Wegeners Porsche wurde dort gesehen, beim Müllraustragen um zehn Uhr, dann in einer Zigarettenpause um elf Uhr, und als sie kurz vor halb eins nach Hause gingen, ein letztes Mal", Friedhelm zuckte die Schultern. „Tut mir leid, die konnten sich gut erinnern, weil sie sich gefragt haben, was so ein junger Kerl alleine da draußen macht, vor allem weil er in einem Porsche saß."

„Jetzt sind wir wieder bei null angelangt", meinte Rike sauer.

„Ja, und es ist Samstag und wir sitzen in diesem Scheißbüro", fluchte Faber. „Doch jetzt müssen wir alles noch einmal von vorne sichten. Das heißt Überstunden. Friedhelm, sag der ganzen Truppe, dass sie hierbleiben müssen. Rike und ich gehen jetzt die Standfotos von der Toilette am Bahnhof durch und ihr sichtet Jens Stroms Recherocheakte."

Friedhelm sah ihn an. „Aber Chef, das haben wir doch alles schon gemacht", warf er ein.

„Stimmt, nur umgekehrt", gab Faber zu. „Jetzt prüfen wir uns gegenseitig und hoffen, einer von uns sechs hat etwas übersehen."

„Aye, aye, Sir!", meinte Friedhelm nicht gerade glücklich, salutierte und verdrückte sich.

Faber und Rike saßen zusammen und klickten durch die Standbilder der Männer, die die Herrentoilette verließen. „Der Kerl kann sich nicht in Luft aufgelöst haben, also hat er sich verkleidet. Er trug einen recht großen Rucksack, darin waren wahrscheinlich seine Klamotten zum Wechseln", sagte Rike. Sie waren bereits bei den Fotos, die gegen halb zehn aufgenommen worden waren. In den zehn Minuten, seit ihr Verdächtiger die Toilette betreten hatte, waren bereits zwölf Männer wieder herausgekommen. Es war in der Rushhour ein ständiges Kommen und Gehen. „Aber egal, wie gut er sich getarnt hat, kleiner konnte er sich nicht machen. Wir müssen wenigstens ein Kriterium zum Ausschluss ansetzen, sonst werden wir verrückt."

„Einverstanden, doch beißen wir uns nicht an der gleichen Statur fest. Wenn er den Rucksack vor dem Bauch trägt und einen Pullover darüber, kann er viel fülliger wirken", warf Faber noch ein. Sie ließen sich Zeit und diskutierten die einzelnen infrage kommenden Männer.

Bei einem Standbild, das die Uhrzeit zehn Uhr dreißig anzeigte, meinte Rike plötzlich amüsiert: „Mannomann, der sieht ja aus wie der Pate, nur mit Bauch. Wie hieß noch der Schauspieler?"

„Marlon Brando", murmelte Faber und konzentrierte sich auf den Mann. Er trug einen dunklen Anzug, weißes Hemd, Krawatte und einen Wollfilzhut. In der Hand einen kleinen Aktenkoffer. Von seinem Gesicht sah man nur die markante Kinnpartie und seinen schmalen Mund mit Oberlippenbart. Er wirkte wie Mitte, Ende fünfzig. „Wir legen den mal raus", schlug er vor und schickte das Foto auf den Drucker.

„Richard, der sieht doch eher aus wie Wegener senior, ist doch viel zu alt", protestierte Rike und klickte sich weiter durch die Fotos. Nach drei Stunden hatten sie eine Auslese von zehn Männern, die sie sofort wieder zurück zur Bundespolizei nach Hamburg mailten. Sie baten ihre Kollegen darum, von diesen Männern weitere Kameraeinstellungen zu suchen, um zu sehen, wohin diese gegangen waren.

Das Großraumbüro sah aus, als hätte ein Sturm alle Papiere auf den Boden gefegt. Friedhelm und Torben saßen auf ihren Bürostühlen davor, die beiden PMA knieten am Boden und schoben die Papiere auf verschiedene Stapel. „Das ist mal ein kreativer Ermittlungsansatz", brummte Faber schlecht gelaunt.

Torben ließ sich von seinem Chef nicht aus der Ruhe bringen und meinte nur: „Wir haben bei den Belegen einige Anomalien gefunden, über die wir reden sollten." Er zeigte auf eine Rechnung und Frauke Petersen hob sie auf und hielt sie Faber hin. „Eine Pension in Wilhelmshaven. Was hat Jens Strom da gemacht? Die Rechnung gehörte zu den Reisespesen, die beim BRENNPUNKT eingereicht wurden?"

„Gute Frage, die Reisen nach Litauen verstehe ich ja, aber Wilhelmshaven?", erwiderte Faber.

„Wie lange braucht man mit einem Boot von Wilhelmshaven nach Helgoland?", fragte Rike explizit an Friedhelm gewandt.

„Die Fähre etwa zwei Stunden, der Katamaran schafft es in siebzig Minuten. Kommt auf die Größe und Stärke des Bootes an", erklärte Friedhelm sofort, der mit seiner Frau und den Kindern an Wochenenden oft auf die Inseln fuhr.

„Faber, wir sind Idioten", sagte Rike plötzlich und rannte in das Büro ihres Chefs zurück.

„Manchmal", konnte Friedhelm sich nicht verkneifen. Faber sah ihn strafend an und in dem Moment kam Rike mit einem Foto in der Hand zurückgerannt.

„Das ist das Foto, das wir aus Jule Nordhäusers Wohnung mitgenommen haben. Wir wollten es, um Martin Wegener zu identifizieren, aber schaut es euch mal an. Jens und Martin wurden auf einem Boot fotografiert." Sie kramte auf ihrem

Schreibtisch nach etwas und wählte dann eine Telefonnummer. „Der wird sich freuen, wenn wir schon wieder anrufen", murmelte sie und stellte auf Lautsprecher.

„Martin Wegener", meldete sich der junge Mann, den sie erst vor ein paar Stunden entlassen hatten.

„Legen Sie nicht gleich wieder auf. Kommissarin Waatstedt hier, wir brauchen Ihre Hilfe!"

„Sie haben Nerven. Na los, was wollen Sie denn jetzt schon wieder?", fragte Martin dennoch. Rike erzählte ihm von dem Foto und fragte nach dem Boot.

„Ja, das ist die Segelyacht meines Vaters. Im Winter benutzen wir sie nicht, liegt in Hooksiel in einem Bootshaus in der Nähe des Hafens", erklärte Martin. „Wieso?"

„Hooksiel liegt bei Wilhelmshaven, richtig?", fragte Faber aus dem Hintergrund und Martin bestätigte. „War Jens in der Lage, das Boot alleine zu fahren?"

„Klar, man muss zwar für das Segeln zu zweit sein, doch bei Motorbetrieb kann eine Person die Adriana handhaben!"

„Haben Sie Jens den Schlüssel gegeben, für das Bootshaus und das Schiff?", bohrte Faber weiter und so langsam wusste auch Martin, worauf er hinauswollte.

„Nein, mein Vater will explizit gefragt werden, wenn wir alleine mit dem Boot losfahren. Sie denken, Jens hat unser Boot genutzt, um die Fotos dieses Tankers zu machen?", fragte Martin jetzt.

„War so eine Idee", erwiderte Rike. Mittlerweile stand Faber hinter ihr und hatte eine Hand auf ihre Schulter gelegt. „Martin", sagte sie. „Sie wissen bestimmt, wo die Schlüssel sind. Bitte sehen Sie sofort nach, ob die noch da sind."

„Moment, ich muss nur in den Keller." Man hörte, wie Martin mit seinem Handy eine Treppe runterging, und etwas knirschte metallisch. „Verdammt, die Bootsschlüssel sind weg! Sind nicht im Schlüsselkasten."

„Hatte Jens Zugang zu dem Schlüssel?", vergewisserte sich Rike und Martin berichtete, dass Jens oft genug in ihrem Haus war und sich den Schlüssel hätte nehmen können, ohne dass es jemand bemerkt hätte.

Faber drückte Rikes Schulter anerkennend und sagte dann: „Hören Sie zu, Martin, wir fahren jetzt sofort raus zu Ihnen. Sie müssen mit uns kommen nach Hooksiel und uns zeigen, wo dieses Bootshaus ist. Vielleicht finden wir dort Beweise, die uns zu Jens' Mörder führen."

„Okay", meinte Martin sofort. „Ich warte auf Sie, aber beschuldigen Sie mich nicht mehr und zeigen mir ja keine Fotos!"

Kapitel 10

„Und Ihr Vater hat nicht darauf bestanden, dass Ihr Anwalt mit uns fährt?", fragte Rike, nachdem Martin Wegener vierzig Minuten später in ihren Streifenwagen gestiegen war.

„Der hat gerade andere Probleme. Ich habe ihm nämlich erzählt, dass er Großvater wird", erzählte Martin. Faber drehte sich zur Rücksitzbank und sah den jungen Mann erstaunt an. „Ich habe lange über Jens' Worte nachgedacht, worüber wir uns gestritten haben. Nachdem Sie mich endlich wieder freigelassen haben, habe ich Dora angerufen, wir wollen es probieren", gab er kleinlaut zu. „Sie ist echt nett und es ist immerhin mein Kind."

„Und Sie wurden nicht enterbt?", hakte Faber nach, dem die Wendung dieses Teils der Geschichte gefiel.

„Erstaunlicherweise nicht. Der Senior besteht nur darauf, dass ich mein Studium schmeiße und in seiner Firma einsteige. Ich soll mit den Immobilien in Norddeich Geld verdienen", antwortete Martin, während Rike sich aus Norden herausschlängelte, um auf die Bundesstraße 210 Richtung Wittmund zu kommen. „Irgendwie", fuhr Martin fort, „scheint er sich sogar zu freuen."

Faber wollte ihm gerade sagen, dass er das Richtige getan hatte, als sein Handy klingelte. Er nahm den Anruf über die Freisprechanlage an, es war Schorlau. Kurz brachte Faber ihn auf den neuesten Stand, dass Martin Wegener nicht mehr zu den Verdächtigen zählte und warum, erst dann ließ er Philipp berichten.

„Ich habe nicht viel, doch ich habe mit unserem Handschriftenexperten, der sich auch mit Sprachmustern und deren Tonalität auskennt, zusammengearbeitet", berichtete Philipp. „Wir sind die Mails durchgegangen und haben unterstellt, dass die Mail vom sechsundzwanzigsten Januar von Jens Strom stammte. Außerdem haben wir den ersten Entwurf der

Bachelorarbeit, den du mir mitgegeben hast, als Vergleichsbasis genommen."

„Und?", drängte ihn Faber, weil er nicht den Nerv für eine wissenschaftliche Abhandlung hatte.

„Gemach, gemach, Kollege Faber", erwiderte Schorlau in seiner typischen Art. „Also, alle Mails nach dem Sechsundzwanzigsten haben ein anderes Sprachmuster. Jens Strom war präzise mit seinen Informationen und kam immer direkt auf den Punkt. Definitiv stammen alle Artikel, die im BRENNPUNKT erschienen, und auch das anhängende Exposé, das man erst einmal an das Verlagshaus schickte, von ihm."

„Das bedeutet, dass Jens alles schon fertig hatte, bevor er starb", schlussfolgerte Rike.

„Genau, liebe Frau Kollegin", erwiderte Schorlau und Faber verzog den Mund wegen seiner Schmeicheleien. „Die weiteren Mails nach seinem Tod haben einen anderen Stil. Der Experte sagte, sie sind blumiger, das Wort hat er benutzt."

„Und das hilft uns jetzt wie?", polterte Rike heraus.

„Fragen Sie Faber, der hat Profilerseminare besucht", meinte Schorlau. „Ach, bevor ich es vergesse, ich habe noch einmal mit dem Ressortleiter des BRENNPUNKT gesprochen. Er meinte, die letzte korrigierte Fassung, die bei ihnen ankam, war fast perfekt. Er hat kaum noch was geändert, nur die Artikel anders sortiert und verschiedene Fotos beigelegt."

„Und die Rohfassung vorher hatte Fehler?", fragte Faber erstaunt.

„Ja, hatte sie!", bestätigte Schorlau.

Nachdem sie das Gespräch beendet hatten, fragte Rike: „Und was interpretierst du daraus, Herr Profiler?"

Faber sah sie strafend an, dann meinte er: „Mit blumiger Sprache ist eine Verwendung von vielen, auch zu vielen, bildhaften Redewendungen gemeint. Ohne mich zu weit aus dem Fenster zu lehnen, würde ich annehmen, dass der Verfasser ein künstlerisch veranlagter Mensch ist. Wenn wir nicht wüssten, dass wir einen Mann suchen, könnte man auch vermuten, dass die Mails von einer Frau geschrieben wurden."

„Das ist Diskriminierung", erhob Rike sofort Widerspruch. „Von wegen blumig!"

„Du hast es nötig. Gerade du sprichst oft sehr bildhaft", schoss Faber zurück. „Was mich aber irritiert, ist, dass unser Täter anscheinend absichtlich Fehler in die Rohfassung für den BRENNPUNKT eingebaut hat. Denn anscheinend hatte Jens alle Artikel fertig, und wie der Ressortleiter behauptete, ziemlich perfekt", meinte er dann und runzelte die Stirn. „Das ist ein unglaublich planerisches Verhalten, da steckt ein Perfektionist dahinter."

„Vereinbart sich denn ein Künstler mit einem Perfektionisten?", fragte Rike nicht überzeugt von seinen Ausführungen.

Faber seufzte. „Das tut es nur, wenn wir es mit einem Psychopathen zu tun haben."

„Ich weiß, was du jetzt sagen willst", erwiderte Rike. „Die Brutalität der Verstümmelungen passt ebenfalls zu einem Psychopathen."

„Hallo, Leute", meldete sich Martin von hinten. „Könnt ihr mal etwas zurückschrauben, ich sitze immer noch mit im Wagen. Das sind nicht gerade Gespräche, die meinen Kreislauf stabilisieren!"

***

„Mensch, das ist Jens' Auto", sagte Martin aufgeregt, als sie in die Straße fuhren, die zum Zugang des Grundstücks führte. Der rote Corolla parkte am Bürgersteig zwischen anderen Fahrzeugen.

Sofort rief Faber Schorlau wieder an. „Philipp, komm sofort mit deinem Team nach Hooksiel. Zum Yachthafen, da ist ein Fußballplatz, dort könnt ihr landen. Ich schicke Martin Wegener hin, er kann euch dann zum Grundstück bringen.

Lass bitte alles stehen und liegen und komm sofort." Schorlau versprach, in einer halben Stunde dort zu sein.

Sie stiegen aus und sahen sich den Wagen kurz von außen an. Faber und Rike hatten bereits Latexhandschuhe übergezogen und Martin angewiesen, nichts zu berühren. „Verschlossen", kommentierte Rike, als sie an der Fahrertür stand. „Wo ist das Bootshaus?"

„Kommen Sie", meinte Martin und öffnete eine kleine Pforte zu einem Grundstück, das zum Binnenhafen auslief. Am Ende stand ein großes Holzbootshaus. Es war mit einer Kette und einem großen Vorhängeschloss gesichert. Darum rannte Faber zum Streifenwagen zurück und holte einen Kuhfuß. Es dauerte nicht lange und die Scharniere gaben nach.

„Martin, gehen Sie zum Fußballplatz und warten dort auf den Hubschrauber", wies Faber ihn an, bevor er die Tür öffnete. Martin zögerte einige Sekunden und sah auf das Bootshaus. „Das kann blutig werden", warnte er Martin und sofort sprintete der junge Mann los. Faber und Rike zogen sich die blauen Schuhüberzieher an, damit Schorlau sie nicht umbrachte, weil sie durch seinen Tatort trampelten.

„Dunnerkiel, stinkt das", meinte Rike in die Dunkelheit. Es war ein Geruch von abgestandenem Meerwasser, verrottetem Kelp, aber auch von leichter Verwesung. Faber tastete neben der Tür und fand einen Lichtschalter. Eine Reihe LED-Röhren fluteten das Bootshaus und dann standen sie in einem Schlachthaus. Das getrocknete Blut war immer noch überall zu sehen, trotz des Wasserschlauchs an der Wand hatte man sich nicht die Mühe gemacht, hier etwas zu säubern. Besonders auffällig war eine große Blutlache auf dem Steg vor dem großen Boot, das dort im Wasser schwankte. Auf den Planken, genau wie an einer Wand, hatte sich von dem vielen Blut eine Eisfläche gebildet, die jetzt im Licht dunkelrot funkelte. Sie hatten eindeutig den Tatort gefunden. Faber scannte den gesamten Raum, ohne auch nur einen Schritt weiter in das Bootshaus zu gehen.

„Auf den ersten Blick sehe ich keine Körperteile. Lass uns auf die KTU warten", entschied er dann und zog Rike wieder auf die Rasenfläche. „Jetzt werden wir weiterkommen", sagte er eher zu sich selbst und kramte dann das alte Päckchen Zigaretten aus seiner Manteltasche, um sich eine anzuzünden. „Hast du das Spritzmuster des Blutes an der Wand gesehen?", fragte er Rike und blies Rauch aus.

Sie war blass im Gesicht geworden und nickte nur. „Das sieht aus, als ob man Jens die Kehle aufgeschnitten hat. Und der große Blutfleck ist wohl das Resultat der Verstümmelung." Sie sah Faber an, griff seine Zigarette und nahm einen Zug. „Du hast recht, das muss ein Psychopath sein. Wer so etwas tun kann, muss krank sein."

„Ja, und es muss jemand sein, der Jens kannte. Das ist keine Zufallstat, meiner Meinung ging es auch nicht nur um die Recherchen, der ganze Tatort schreit nur so nach Gefühlen."

„Was meinst du?", hinterfragte Rike und reichte ihm die Zigarette zurück.

„Hass, Wut, unbändiger Zorn", erwiderte Faber. „Der Täter ist regelrecht ausgetickt, hat Jens abgeschlachtet!"

Sie hatten sich mit Martin in das nächstgelegene Restaurant, Die Muschel, zurückgezogen. Es lag fünf Minuten zu Fuß vom Bootshaus entfernt und von dort überblickte man den Yachthafen. Sie wollten unbedingt auf Schorlau warten und hatten keine Zeit, Martin Wegener zurückzufahren. Schweigend brüteten sie über ihren Kaffees, sprachen kein Wort, bis Schorlau nach etwa einer Stunde zu ihnen kam. Er hatte sich seinen Spurensicherungsanzug bereits wieder ausgezogen, denn mittlerweile hatten sich Schaulustige vor der Absperrung und auch im Restaurant eingefunden.

„Machen Sie mir bitte einen Latte und bringen Sie mir ein Stück von Ihrem gebackenen Käsekuchen", sagte Philipp zu dem Wirt und zeigte auf die Kuchenvitrine, dann ging er zu seinen Kollegen, die in einer Nische abgeschieden saßen.

„Sie essen jetzt Kuchen, ist ja krass", merkte Martin an und sah etwas angeekelt zu dem Pathologen, als der Wirt mit seiner Bestellung kam.

„Der Mensch muss leben", kommentierte Philipp und schob sich genüsslich ein Stück vom Käsekuchen in den Mund. Dann meinte er: „Lecker! Na, das ist ja ein ganz schönes Schlachtfeld", begann er über den Tatort zu reden.

„Ich gehe mal so lange eine rauchen", sagte Martin sofort und flüchtete vor die Tür.

„Empfindlich, der Junge", kommentierte Schorlau und aß weiter. „Ich habe vor Ort eine Blutprobe genommen und einen Schnellvergleich gemacht."

„Was?", fragte Faber erstaunt und dachte an einen DNA-Test, auf den man normalerweise tagelang warten musste.

„Keine DNA, das kommt später, ich habe die Blutgruppe verglichen, das geht schnell. Kann man in dreißig Sekunden erledigen, es ist Jens Stroms Blutgruppe. Auf dem Boot ist kein Handy oder Computer, doch wurden Stroms Überreste darauf transportiert. Ich brauchte noch nicht einmal Luminol, die ganze Sauerei ist noch vorhanden."

„Der Kopf und die Gliedmaßen?", fragte Faber wieder hoffnungsvoll.

„Nichts, aber an Deck fand ich zwei Stellen, die annehmen lassen, dass der Torso eingewickelt dort lag, wahrscheinlich in einer Plastikfolie und daneben eventuell die Reste von dem Opfer." Schorlau schob sich das letzte Stück seines Kuchens rein und trank von dem Latte. Rike schluckte, auch sie verstand nicht, wie Schorlau essen konnte und dabei über so etwas reden. „Die Stelle daneben war wesentlich blutiger und es gab Abdrücke, die auf ein Netz hinweisen. Wenn ihr mich fragt, dann wurden der Kopf und die Gliedmaßen mit Gewichten in einem Fischernetz versenkt. Während der Torso ausgewickelt im Meer landete."

„Bitte sag mir, dass du irgendeine Spur des Mörders gefunden hast."

„Faber", tadelte Schorlau ihn, „dafür ist es noch zu früh, doch eins kann ich euch sagen. Nach den Abtrennwunden am Torso zu urteilen, dachte ich erst an ein herkömmliches großes Beil, doch die Kerben in den Planken sind etwas zu groß dafür. Ich vermute, es wurde ein Küchenbeil oder ein Hackmesser benutzt."

„Wurde ihm damit auch die Kehle durchgeschnitten? Das Sprühmuster an der Wand deutet darauf hin", warf Rike ein und drehte ihre leere Tasse in der Hand.

„Nein, nicht scharf genug. Für ein Hackbeil braucht man Kraft, doch seine Kehle wurde vermutlich mit einem richtig scharfen Messer durchtrennt", erwiderte Schorlau. „Das Spritzmuster deutet darauf hin, dass große Mengen Blut sehr plötzlich rausgepumpt wurden. Das passiert nur, wenn es ein schneller, glatter Schnitt durch die Halsschlagader war."

„Das heißt, der Täter kam mit der vollen Absicht hierher, Jens zu töten, denn in dem Bootshaus würde man solche Waffen nicht finden", fasste Faber zusammen.

„Ganz richtig, wir haben auch nichts dergleichen gefunden."

***

Schorlau war wieder zu seinem Team zurückgegangen, die Untersuchung würde noch den ganzen Abend bis in die Nacht andauern. Rike hatte die lokalen Kollegen gebeten, mit den Befragungen der Anwohner zu beginnen. Sie selbst waren mit Martin Wegener auf dem Rücksitz wieder unterwegs Richtung Norden, planten, ihn abzusetzen und selbst noch einmal zurück auf das Revier zu fahren.

„Martin, fällt Ihnen irgendjemand in Jens' Bekanntenkreis ein, der so wütend werden könnte, ihm so etwas anzutun?", fragte Faber behutsam, als sie kurz vor Norden waren.

Martin schnallte sich ab und rutschte zwischen die vorderen Sitze. „Außer Jule niemand!", meinte er wieder in seiner schnoddrigen Art.

157

Faber schnaufte. „Mann, jetzt hören Sie mal auf mit Ihrer Antipathie gegen Jule, ich selbst habe gesehen, wie sie zusammenbrach, als sie von Jens' Tod hörte. Meinen Sie nicht, dass Sie sich ein bisschen pubertär verhalten, wenn es um Jens' Freundin geht?", belehrte er Martin.

„Sie haben ja keine Ahnung! Die hat mal versucht mir eine Bierflasche über den Kopf zu ziehen, bloß weil ich Jens auf eine scharfe Braut aufmerksam gemacht hatte und ihn fragte, ob die nichts für ihn wäre."

„Und das in Jules Beisein?", fragte Rike rhetorisch. „Na, da hätten Sie auch von mir eine gefangen!"

„Sehen Sie, so sind Frauen, wenn sie eifersüchtig werden", meinte Faber nicht allzu ernst.

„Nee, nee, die Jule spinnt!", erwiderte Martin, als sie vor seinem Elternhaus parkten. „Auf der anderen Seite hätte Jens ihr nie einen Grund gegeben, eifersüchtig zu sein. Wie ich sagte, er war ein Heiliger in der Hinsicht, und aus mir unerfindlichen Gründen liebte er Jule."

„Danke für die Hilfe und verzeihen Sie, dass wir Sie erst verdächtigt haben", meinte Faber, als Martin aussteigen wollte. Der nickte nur und verabschiedete sich.

„Gut, kümmern wir uns jetzt um unseren Paten und seine Kumpanen von der Herrentoilette. Ich wette, wir haben von den Kollegen der Bundespolizei bereits wieder Videos erhalten", sagte Rike und hängte ihre Jacke direkt in Fabers Zimmer auf.

Der sah sie plötzlich an, als ob ihn der Blitz getroffen hätte. „Marlon Brando, Endstation Sehnsucht", sagte er plötzlich völlig aus dem Zusammenhang gerissen und Rike kräuselte die Stirn. „Das kann doch nicht wahr sein", murmelte er.

„Faber?", fragte sie. „Alles klar?"

„Rike, es ist möglich, dass mir etwas sehr Wichtiges durchgerutscht ist", gab er zu. „Komm, lass uns schnell die Videos prüfen, suche explizit das Video mit diesem Hängebackentyp", wies er sie an. Sie öffnete seinen Laptop und durchsuchte die Mails. Dann klickte sie auf die Videos, die aus Hamburg gekommen waren.

„Weihst du mich jetzt mal ein", forderte sie ihn auf, dann liefen die Aufnahmen. Er schwieg und sah sich die verschiedenen Sequenzen an, die den Mann mit dem Anzug und Hut meistens von hinten zeigten. „Er geht auf einen Bahnsteig."

„Da, stopp mal", forderte er sie auf. „Die Fahrtanzeige! Kannst du die vergrößern?" Rike spielte einen Moment mit dem Standbild herum, dann sahen sie den Ausschnitt. „Ein Eurocity nach Bremen", las sie vor. „Faber, rück endlich mit der Sprache raus!"

„Rike, noch einen Moment, vertrau mir. Ruf in Hamburg an, ob die auch von Bremen Videoüberwachungen kriegen können, und zwar für diesen Zug. Die sollen sie uns schnellstens schicken, gesamte Länge, bis jeder Fahrgast den Bahnsteig verlassen hat", befahl er. „Mach schon!"

Rike benutzte sein Festnetz, während Faber ins Großraumbüro stürmte und mit Friedhelm sprach. Der Rest der Mannschaft brütete immer noch über den Belegen, Faber jedoch setzte sich an Rikes Schreibtisch und rief die Auskunft an.

Die Kollegen von der Bundespolizei waren unglaublich schnell, Rike hatte zwanzig Minuten später einen Maileingang und ging sofort ins Großraumbüro. Sie winkte Faber zu sich, während Friedhelm ihm einen Zettel hinlegte. Es dauerte einen Moment, bis er sich am Telefon bedankte und auflegte. Sofort schnappte er sich Friedhelms Zettel, dann lächelte er und sagte „Vielleicht hab ich dich" und sah Rike fragend an. „Videos schon da?" Mittlerweile nickte sie sauer, weil er ihr immer noch nicht erzählte, was los war.

„Richard", forderte sie ihn warnend auf, als er in sein Büro kam.

„Nur noch einen Moment, bitte, ich will sicher sein, dass ich keinem Hirngespinst hinterherrenne", versuchte er sie zu beruhigen. Dann drückte er sie wieder runter auf den Stuhl vor seinem Laptop. Er beugte sich neben sie und startete das Video. Ganz langsam ließ er die Sequenzen durchlaufen, bis auch der letzte Fahrgast vom Bahnsteig verschwunden war. „Unglaublich, dass ich das nicht verstanden habe", sagte er siegesgewiss.

„Jetzt reicht's mir!", erwiderte Rike zornig. „Der Kerl ist nicht aus dem Zug gestiegen, warum freust du dich so?"

„Sieh dir das Video noch einmal an, Rike. Bleib unvoreingenommen und prüfe alle Gesichter, ob du jemanden erkennst", wies er sie an und trotzig klopfte sie wieder auf die Enter-Taste.

„Das gibt es doch nicht?", sagte sie zögerlich und hielt den Film an. „Ist das Jule Nordhäuser?"

Faber setzte sich auf den Besucherstuhl ihr gegenüber. „Jule, ich habe mich völlig von ihr blenden lassen." Rike nickte wissend, doch nur, weil sie immer noch dachte, dass Faber die junge Frau anziehend fand. „Als ich bei ihr war, den Schlüssel zurückbringen, da erzählte sie mir, dass sie die Hauptrolle in dem Theaterstück Endstation Sehnsucht spielt. In Wilhelmshaven, und dass sie später mal auf die Schauspielschule in Hannover will."

„Okay", sagte Rike und wartete, dass er fortfuhr, denn sie kapierte immer noch nicht, worauf er hinauswollte.

„Wilhelmshaven hat ein richtiges Theater mit Requisiten-kammern. Ziemlich große Auswahl", fuhr er fort. „Ich habe gerade dort angerufen, letzte Woche gab es jeden Tag Proben für Endstation Sehnsucht, die fingen um zwei Uhr nachmittags an."

„Du meinst, Jule hat in Hamburg das Geld aus dem Gepäckschließfach geholt? Erst als junger Kerl verkleidet, ist dann in die Herrentoilette und als dieser alte Typ wieder raus?", fragte Rike skeptisch. „Da muss sie schon ziemlich talentiert sein."

„Das behauptet sie von sich selbst, außerdem hätte sie Zugang zu den Requisiten gehabt, im Theater. Sie steigt verkleidet in den Zug, geht sofort auf die Toilette und wird wieder zu Jule.

160

In Bremen angekommen musste sie nur dreißig Minuten auf den Regionalbahn-Anschluss nach Wilhelmshaven warten. So kam sie auch letzten Mittwoch pünktlich zur Probe", berichtete er aufgeregt, denn er hatte Blut geleckt und war sich seiner Sache jetzt sicher. „Sie hat mir erzählt, dass sie eine Ausbildung als Maskenbildnerin hat, Seminare, Abendschulen gemacht hat", untermauerte er seinen Verdacht weiter.

Rike seufzte skeptisch. „Wir hatten uns darauf geeinigt, dass nur ein Psychopath einen Menschen so verstümmeln kann. Jule? Ein Psychopath?"

„Friedhelm hat gerade für mich rausgefunden, was Jule beruflich macht", legte er einen weiteren Trumpf auf den Tisch. „Sie sagte mir, dass sie momentan im Geschäft ihrer Eltern arbeitet und später die Schauspielschule besuchen will. Weißt du, was für ein Geschäft ihre Eltern haben?"

„Faber, spuck es aus, du benimmst dich schon wie Schorlau!"

„Eine Metzgerei mit eigener Schlachtung!"

„Oh nein", entwich es Rike. „Scharfe Messer, Hackbeile, dann hat sie auch dazu Zugang. Außerdem wird sie sich damit auskennen, wie man Fleisch und Knochen zerlegt", schlussfolgerte Rike mit völlig entsetztem Gesichtsausdruck.

Faber zog bestätigend die Augenbrauen hoch. „Ich war so dämlich", fluchte er. „Durch ihren tragischen Auftritt im Revier, als wir ihr sagten, dass Jens tot ist, habe ich mich nie auf sie konzentriert. Ich habe sie noch nicht einmal nach einem Alibi gefragt."

„Dann war das alles eine Show! Sie ist eine talentierte Schauspielerin und wahrscheinlich eine eiskalte Psychopathin", fasste Rike zusammen. „Jetzt macht auch die Analyse des Sprachmusters der Mails Sinn. Blumige, bildhafte Redewendungen eines Künstlers, einer Frau!"

„Wir müssen nur noch das Warum klären und stichhaltige Beweise finden."

„Ich sage es ja nicht gerne, doch ich denke, Opa hatte mit einer Sache recht: Die ganze Aktion mit dem Artikel für den BRENNPUNKT hatte nur mit Geld zu tun", grübelte Rike und

Faber nickte. „Aber sag mal, muss ein Psychopath wirklich ein Motiv haben?"

„Zwar glaube ich, dass sie Jens nicht wegen des Geldes umbrachte, seinen Tod dann aber einfach ausnutzte, um an das Geld für die Recherche heranzukommen. Das wäre typisch für einen Psychopathen, solche Leute haben keinerlei Empathie, und wenn sich aus einem Toten noch Kapital schlagen lässt, dann nutzen sie es aus", erklärte er. „Darum habe ich auch in Hannover angerufen. Die Schauspielschule, auf die Jule gehen will, ist ziemlich teuer." Dann dachte er einen Moment nach. „Aber um deine letzte Frage zu beantworten: Ich denke, ein Psychopath braucht kein wirkliches Motiv, eine Kleinigkeit kann so etwas bereits auslösen."

„Nehmen wir sie fest!", sagte Rike, sah auf die Uhr und stand auf. „Holen wir sie uns!"

Faber überlegte. „Wenn wir sie jetzt verhaften und offiziell verhören, dann lässt sie nichts raus. Wir haben zu wenige Beweise, sie würde vor jedem Gericht davonkommen und ich kann mir nicht vorstellen, dass sie so dumm war, im Bootshaus DNA von sich selbst zu hinterlassen. Nein, wir müssen mit ihr reden, auf einer anderen Ebene, freundschaftlich! Ich muss mit ihr reden."

„Spinnst du? Wenn wir recht haben, dann ist sie eine eiskalte Mörderin", erwiderte Rike. „Nein, ich lass dich nicht allein zu ihr, noch nicht einmal verkabelt und mit einem Sonderkommando vor ihrer Tür. Ich gehe mit", betonte Rike todernst.

***

Faber saß mit Rike, Friedhelm und Torben im Streifenwagen, vor dem Wohnhaus. Sie konnten sehen, dass im zweiten Stock in Jules Wohnzimmer Licht brannte. Faber hatte Rike verkabelt, sodass ihre beiden Kollegen, die vor Jules Wohnungstür in Stellung gehen sollten, alles mithören konnten. Er selbst trug kein Mikro, da er derjenige sein würde, der sich Jule nähern wollte. Rike sollte, egal was auch passierte, nicht zu nahe an die Frau herankommen.

„Friedhelm, Torben", sagte Faber. „Das wird ein Eiertanz, wir glauben, die Frau ist brandgefährlich, doch ihr dürft nicht eingreifen, bis ihr das Codewort hört."

„Schon verstanden. Egal was da bei euch passiert, erst wenn einer von euch gelb ruft, stürmen wir rein", bestätigte Friedhelm.

„Nur bei dem Codewort!", betonte Faber noch einmal. „Falls es nötig wird und ihr die Wohnung stürmt, kurze Warnung, und dann schießt ihr, wenn sie dabei ist, einen von uns anzugreifen. Aber bitte erschieß nicht uns", konnte er sich nicht verkneifen, wenn er an ihre Trefferquoten auf dem Schießstand dachte. Schließlich wandte er sich zum Beifahrersitz an Rike. „Hör mir jetzt gut zu. Ich weiß, du hältst nichts vom Profiling, doch bitte lass dir jetzt mal einiges darüber sagen, wie man einen Psychopathen verhört. Versprichst du mir, zuzuhören und dich dementsprechend zu verhalten?"

„Natürlich, Richard", versicherte Rike.

„Ich werde das Gespräch führen, du hältst dich zurück, es sei denn, Jule spricht dich explizit an. Sie hat mit mir bereits eine Art Beziehung aufgebaut, weil ich sie einmal in den Arm genommen habe, um sie zu trösten", meinte er und Rike nickte. „Um aus Jule etwas herauszubekommen, muss ich ihr Ego stärken, ihr eine Bühne bieten, auf der sie mit ihren genialen Taten glänzen kann. Wenn sie nicht darauf eingeht, versuche ich es mit der Infragestellung der Genialität des Verbrechens, so provoziert man impulsive Antworten."

„Verstehe", bestätigte Rike.

„Verhörspezialisten haben bei Befragungen von Psychopathen herausgefunden, dass diese Menschen das Verhalten ihres Gegenübers genau analysieren. Sie suchen Zeichen von Nervosität, Ängstlichkeit, Frustration und Wut. Sie reagieren dementsprechend und ergreifen dann jede Gelegenheit, sich Vorteile zu verschaffen", sagte Faber bitterernst. „Denke immer daran, Psychopathen sehen

Menschen in ihrer Umgebung als Beute. Darum zapple nicht nervös rum oder spiele mit deinen Händen. Du bleibst ganz ruhig, lässt dich zu nichts hinreißen, ich mache das!"

„Richard, übertreibst du nicht gerade ein wenig? Wir sind bewaffnet und zu zweit!", warf Rike ein.

„Ganz im Gegenteil, man hat mich dafür mal zum BKA nach Wiesbaden geschickt, ich habe Filmaufnahmen von solchen Verhören gesehen und etliche Rollenspiele durchführen müssen. Glaub mir, die ersten Male habe ich kläglich versagt. Darum keine Alleingänge, ich muss mich darauf verlassen", bläute er ihr nochmals ein. „Du wirst mich zwischendurch für völlig verrückt halten, denn ich werde über Jens Stroms Mord reden, als wäre es ein Gespräch bei einem Cocktailempfang, Small Talk."

„Na gut, du bist der Experte. Können wir jetzt oder willst du uns noch mehr Angst einjagen?", sagte Rike ungeduldig. Faber nickte und sie stiegen aus.

„Ja bitte?", hörten sie Jules Stimme durch die Gegensprechanlage.

„Hallo Jule, hier ist Faber, Richard Faber. Ich hatte Ihnen doch versprochen, mich zu melden, wenn es etwas Neues gibt. Kann ich raufkommen?", sagte er mit einem Charme in der Stimme, dass Rike ihn verblüfft ansah.

„Natürlich", erwiderte Jule und der Türöffner summte. Faber und Rike gingen hinein und Friedhelm und Torben schlichen ebenfalls in den Flur. Dort sollten sie warten, bis die Wohnungstür oben wieder zu war, und dann in den zweiten Stock folgen.

„Richard", strahlte Jule ihn an und begrüßte ihn mit einem Kuss auf seine Wange.

„Meine Kollegin Frau Waatstedt ist auch mit dabei, ich hoffe, das macht Ihnen nichts aus", sagte er schnell, bevor Rike in ihrem Sichtfeld auftauchte.

„Oh", machte Jule. „Aber nein, kommen Sie doch rein. Sie müssen meinen Aufzug entschuldigen, ich probe gerade."

„Ich sehe schon. Ist das eines der Kostüme der Blanche DuBois aus dem Fundus des Theater Wilhelmshaven? Steht Ihnen ausgezeichnet", sagte er und sie folgten Jule ins Wohnzimmer. Sie trug ein cremefarbenes Taftkleid mit durchsichtigen Ärmeln und eine blonde Perücke. „Es wird also eine klassische Aufführung, die bevorzuge ich persönlich auch. Sie können die Kostüme einfach so mit nach Hause nehmen?"

„Danke für das Kompliment. Ja, unser Regisseur besteht sogar darauf, wir sollen richtig in die Haut unserer Charaktere kriechen, so drückt er das immer aus", meinte sie fröhlich. „Setzen Sie sich doch."

Faber nahm neben Jule auf der Couch Platz und Rike setzte sich in den Sessel gegenüber. „Ich liebe den Film mit Vivian Leigh und …", sagte Faber und grübelte.

„Marlon Brando", half ihm Jule auf die Sprünge. „Ich verehre den Mann, großartiger Schauspieler."

„Stimmt, seine Paraderolle im Paten ist unvergesslich. Ich habe mich immer nur gefragt, wie die Requisite sein Gesicht so verändern konnte, ich meine die Kinnpartie", plauderte Faber.

„Tamponaden, er musste mit zwei Tamponaden vor den unteren Backenzähnen spielen", klärte ihn Jule auf. „Die verändern die Kieferform ungemein, doch das Problem damit ist nicht, sie zu tragen, versuchen Sie mal, damit zu sprechen. Ein Unding! Wie Brando das hinbekommen hat, war wunderbar!"

„Das wusste ich nicht", log er sie an. Denn Rike hatte im Internet recherchiert, wie man solch markante Gesichtsveränderungen ohne Latexapplikationen vornehmen konnte. „Interessant, Sie kennen sich wirklich gut aus." Jule belohnte seinen Satz mit einem strahlenden Lächeln.

„Aber wir plaudern hier, deshalb sind Sie doch nicht gekommen."

„Nein, natürlich nicht. Wir wissen jetzt ungefähr, was mit Jens passiert ist, und ich muss sagen, es ist eines der raffiniertesten Verbrechen, die ich je gesehen habe", begann Faber.

„Ach wirklich", fragte Jule interessiert. „Erzählen Sie mir davon, bitte."

Faber berichtete davon, wie genial der Mörder mit dem Verlagshaus vorgegangen war, nicht nur Jens getötet und ihn dann durch den besonderen Modus Operandi als ein Opfer der Mafia getarnt hatte, sondern auch noch sehr viel Geld mit Jens' Recherchen verdient hatte.

„Das war sehr clever, oder?", fragte Jule und stand auf. Sie nahm ein Weinglas und hielt ihnen die Flasche hin. „Möchten Sie auch oder dürfen Sie nicht?"

„Nein danke", lehnte Faber ab, sie schüttete sich ein Glas ein und kam damit zur Couch zurück, nippte daran und stellte es dann auf den Tisch.

„Wir haben den Tatort gefunden, auch dort ist der Täter sehr klug vorgegangen, anscheinend war alles bis ins Detail geplant. Wir denken, es war ein Fachmann."

„Wie meinen Sie das?"

„Ich will Sie nicht mit so schmerzhaften Details belasten", sagte Faber sofort und zog sich damit ein Stück zurück, um sie zu ködern. Wie erwartet hatte sie noch nicht einmal gefragt, wo der Tatort lag, sondern wollte nur wissen, warum die Polizei dachte, dass der Mörder solch ein Spezialist war. Jule badet gerade im Glanz ihres eigenen Verbrechens, dachte Faber.

„Wissen Sie, ich habe über Ihre Worte nachgedacht, dass Sie sagten, ich muss weiterleben, die Trauer hinter mir lassen", erwiderte sie. „Aber um das zu können, muss ich wissen, was passiert ist, so schmerzhaft es auch ist." Jule tappte in die Falle, es funktionierte, sie wollte mehr Lob hören.

„Der Täter hatte ungeheure anatomische Kenntnisse", übertrieb Faber. „Wahrscheinlich ein Arzt oder Medizinstudent, denn es ist nicht einfach, einen Körper fachgerecht zu zerteilen. So etwas ist schwerer, als man es sich vorstellt."

„Ich weiß nicht", spielte Jule mit und kräuselte die Stirn. „Ein Metzger könnte das auch!"

„Stimmt, darüber habe ich noch gar nicht nachgedacht", erwiderte Faber. „Kluger Gedanke, Sie könnten auch bei der Polizei arbeiten."

„Aber Faber, Frau Nordhäuser kennt sich doch damit aus", schoss Rike heraus. „Sie arbeitet doch in der Schlachterei ihrer Eltern." Kaum hatte sie das letzte Wort ausgesprochen, erstarrte sie innerlich und bedauerte, dass sie den Mund aufgemacht hatte. Fabers Gesichtszüge waren kurz wie versteinert.

„Das ist doch nur vorübergehend, bis ich das Geld für die Schauspielschule habe", sagte Jule mit einer ausladenden Bewegung ihrer Hände. Dabei fiel das Weinglas vom Tisch und zerbrach auf dem Steinboden. „Mein Gott, wie ungeschickt", meinte Jule und beugte sich herunter.

„Warten Sie, ich helfe Ihnen", bot Faber an und wollte nach den Scherben greifen. Doch Jule war schneller und mit einer blitzschnellen Bewegung hatte sie sich den abgebrochenen Stil des Glases geschnappt, Fabers Kopf an den Haaren zu sich gerissen und drückte das scharfe Glas an seine Halsschlagader. Faber spürte den kurzen Schmerz, der Stil war bereits in seine Haut eingedrungen und etwas Blut lief an seinem Hals herab.

Rike sprang sofort auf, zog ihre Waffe und entsicherte sie. „Legen Sie den Glasstil weg und lassen meinen Kollegen gehen oder ich schieße", schrie sie Jule panisch an.

Die lachte nur und drückte noch ein wenig fester zu. „Wenn Sie wollen, dass er stirbt?", erwiderte sie kaltschnäuzig. „Sie haben also rausgefunden, dass ich es war. Bedauerlich, dabei war der Plan perfekt. Wie sind Sie auf mich gekommen, Richard?", fragte sie und sah in seine Augen, riss seinen Kopf am Haar noch mehr zurück.

„Der Plan war perfekt", erwiderte er vorsichtig. „Marlon Brando war der Fehler. Ihre Verkleidung, aber nur, weil Sie als Jule in Bremen wieder aus dem Zug stiegen."

„Wer prüft denn solche Details?", wiegelte sie die Kritik ab, dann sah sie wieder auf Rike, die weiterhin mit ihrer Pistole auf sie zielte. „Na, Frau Waatstedt, was ist jetzt? Wollen Sie nicht schießen? Sie müssen wissen", hauchte Jule genüsslich, „ich werde ihm den Stil nicht einfach nur reinstechen, ich reiße ihm damit die Halsschlagader auf. Innerhalb von Sekunden verliert er dann so viel Blut, er wird nicht zu retten sein, egal wie schnell eine Ambulanz hier ist."

„Jule, warum haben Sie es getan?", versuchte Faber sie abzulenken. Er hatte Todesangst, Schweiß bildete sich auf seiner Stirn, doch er zwang sich ruhig zu bleiben. Er musste sie unbedingt am Reden halten, um auf einen unachtsamen Moment zu hoffen.

„Warum? Jens war ein Lügner und Betrüger. Ich hatte bereits fünfzehntausend Euro zusammengespart für die Schauspiel-schule und dann stelle ich fest, dass er alles abgehoben hatte, um seine dämliche Recherche zu finanzieren. Vielleicht hätte ich ihm das noch verziehen, aber nicht, dass er eine andere hatte", giftete Jule jetzt. Faber zuckte zusammen, weil sie in ihrem Zorn den Stil wieder fester an seinen Hals gedrückt hatte.

„Wieso eine andere?", fragte er mit bebender Stimme. Auch wenn er provozierte, dass es sie noch wütender machte – solange sie etwas zu erzählen hatte, blieb er am Leben.

„Er war am Freitagmorgen noch einmal in unserer Wohnung gewesen und hatte sein verdammtes Handy vergessen", sagte Jule scharf. „Ich habe mir seine SMS angesehen und da waren sie. Zwei Nachrichten von einer Dora!", Jule schnaufte verächtlich, dann sagte sie mit piepsiger Stimme: „Jens, ich bin schwanger, du musst mir helfen, kann ich dich treffen? Und er schrieb zurück: Natürlich, heute Abend in Wilhelmshaven im Bistro Galerie." Dann lachte Jule bitter. „Dora bedankte sich mit den Worten: Ich bin so froh, dass du kommst. Danke dir, bis später, du bist ein Schatz!"

„Jule, Dora war nicht Jens' Freundin", sagte Faber und wusste nicht, ob er sie so abhalten konnte, zuzustechen, oder das

Gegenteil bewirkte. „Sie war schwanger von Martin und der wollte sie zu einer Abtreibung zwingen. Dora bat Jens mit Martin zu sprechen, das war der einzige Grund, warum sie ihm die SMS geschrieben hat. Jens hat sich danach mit Martin getroffen und ihm gut zugeredet, dass er anständig mit Dora umgeht. Sie haben sich deshalb sogar gestritten."

Kurz zuckte Jule zusammen. „Wirklich? Das wirkte ganz anders, ich habe sie beobachtet. Er umarmte das Weib im Bistro. Ich saß im Auto vor dem Restaurant, bin ihm von da gefolgt."

„Hat Jens Ihnen das nicht gesagt, als Sie ihn im Bootshaus zur Rede stellten?", fragte Faber schnell, denn sie hatte angefangen zu schweigen. Jule zuckte, als hätte er sie aus ihren Gedanken gerissen, mit dem Resultat, dass der Schnitt an seinem Hals größer wurde.

„Es gab nichts mehr zu reden", entgegnete Jule und sah auf Rike, die immer panischer wurde. „Als ich ins Bootshaus kam, vertäute er das Boot, stand mit dem Rücken zu mir. Es war ein Leichtes, ihm das Messer über die Kehle zu ziehen", sagte sie und lachte plötzlich. „Ich habe nicht einen Spritzer Blut abbekommen, obwohl es nur so aus der Wunde pumpte. Leider werde ich das bei Ihnen, Richard, nicht vermeiden können. Eigentlich schade um das Kostüm, na, ich werde das schon wieder rauskriegen."

„Denken Sie, es ist klug, mich zu töten? Wenn das passiert, schießt meine Kollegin und die Rolle der Blanche muss umbesetzt werden", meinte er völlig abwegig, doch Jule war mittlerweile an einem Punkt angekommen, den man als Wahnsinn akzeptieren musste. „Warum sind Sie überhaupt zu uns gekommen und haben die besorgte Freundin gespielt? Hätten wir Jens nicht identifiziert, wäre die Sache doch kaum ins Rollen gekommen. War das klug?", provozierte er sie erneut und schindete Zeit.

„Richard", empörte sie sich. „Sie verstehen gar nichts, die Sache mit Jens und den Artikeln für den BRENNPUNKT, das war meine größte und am besten gespielte Inszenierung. So etwas kann man doch nicht ohne Publikum tun, ich brauchte Sie." Dann seufzte Jule übertrieben. „Doch genug geschwatzt, wo war ich im Text? Ach ja, Sie werden sterben oder Ihre Kollegin legt die Waffe auf den Tisch und schiebt sie zu mir", befahl Jule scharf. „Ich werde dann darauf bestehen, dass Sie sich mit ihren Handschellen an die Heizung anketten, und ich spaziere hier raus. Mit dem Geld kann ich überallhin, vielleicht Amerika, Filme machen", plauderte sie plötzlich wieder. „Bis man Sie findet, bin ich fort. Sie leben, ich lebe und morgen scheint wieder die Sonne."

Rikes Pistolenhand zitterte mittlerweile sichtlich, sie überdachte, was Jule gesagt hatte. Vor der Tür waren immerhin Friedhelm und Torben. Sie konnte sie warnen, bevor Jule zur Haustür gehen würde. Darum nickte sie und kam einen Schritt näher an den Couchtisch.

„Rike", sagte Faber schnell. „Sie tötet uns beide, schieß!"

„Sch-sch, böser Junge, werden wir wohl still sein", sagte Jule und ritzte mit dem Stil bewusst einen langen Schnitt an seiner Haut. Er war immer noch nicht tief genug, doch Faber drehte sich der Magen um, er würgte den Brechreiz hinunter.

„Ich geben Ihnen die Waffe, hören Sie auf, bitte", sagte Rike, ihre Stimme bebte förmlich. Sie kniete sich auf den Boden, streckte ihren Arm in Richtung Couchtisch.

„Nein", schrie Faber und in dem Moment zog Rike ihre Pistole hoch. In dem Bruchteil der Sekunde, als die Kugel in Jules Kopf einschlug, drückte Faber ihren Arm weg, sprang auf und zog ebenfalls seine Waffe. Doch Rike hatte ganze Arbeit geleistet, der Schuss war Jule genau zwischen die Augen gegangen. Es war ein fast pathetischer Anblick, wie diese Mörderin in ihrem Kostüm mit dem Einschussloch im Kopf auf der Couch lag.

Doch Faber konnte sich kaum darauf konzentrieren. Als er sah, dass Jule tot war, fiel die ganze Anspannung ab, das Adrenalin, das durch seinen Körper gepulst war, konnte ihn nicht mehr aufrecht halten. Er musste sich an der Lehne festhalten. Rike schrie mittlerweile immer wieder das Wort gelb. In der Sekunde, als Friedhelm und Torben endlich die Wohnungstür auftraten, beugte Faber sich herunter und übergab sich.

***

Faber lag auf seiner Couch, die Schnittwunde war mit fünf Stichen genäht worden und er trug jetzt einen dicken Verband. Rike war vor zehn Minuten aus Emden gekommen und entkorkte gerade mit einem lauten Plopp eine Flasche Champagner, die sie heute persönlich besorgt hatte. Dann schüttete sie die beiden Gläser auf dem Couchtisch voll.

„Jetzt rede schon, wie war es bei ihrer Mutter?", fragte er ungeduldig und vermied es, Jules Namen auszusprechen. Rike und Friedhelm waren heute zu Frau Nordhäuser gefahren, um mehr über ihre Tochter zu erfahren.

Sie reichte ihm sein Glas und setzte sich zu ihm. „Sie wusste, dass etwas ganz eklatant nicht mit ihrer Tochter stimmte. Jule muss wohl schon immer unberechenbare Wutausbrüche gehabt haben, selbst als Kind. Eigentlich hatte sie alle Anzeichen einer Psychose, die immer schlimmer wurde. Sie hat Tiere gequält, als sie klein war, sogar ihren eigenen Hund totgeschlagen."

„Himmel, das ist ja wie aus dem Lehrbuch. Mich wundert, dass diese Frau nicht schon früher gemordet hat", erwiderte Faber und schüttelte sich ein wenig.

„Die Mutter sagte, Jule war eine notorische Lügnerin, log bei allem. Dennoch holten sich die Eltern nie Hilfe bei Ärzten. Aber als Jule Jens kennenlernte, besserte sich ihr Zustand. Plötzlich verhielt sie sich normal und ihre Eltern waren der Meinung, dass Jens sie veränderte, ihr guttat."

„Nur, dass sie Jens nicht gutgetan hat", warf Faber zynisch ein. Und dann hatte er plötzlich wieder Jules wahnsinnigen Gesichtsausdruck vor Augen und glaubte, den scharfen Glasstiel erneut am Hals zu spüren. Er griff automatisch an seinen Verband, um das Gefühl zu verscheuchen. „Schlimm genug, dass die Eltern mit ihr nie bei einem Psychologen

171

waren, dann hätte man vielleicht all das verhindern können", sagte er. „Aber genug davon, reden wir nicht mehr darüber. Munter mich lieber auf", wechselte er abrupt das Thema und rappelte sich auf. Dabei fuhr ihm ein Stich durch den Rücken und er stöhnte übertrieben.

„Du bist ein Weichei, Faber", spottete Rike zwar, doch sah ihn besorgt an.

„Bin ich nicht, ich bin krankgeschrieben und darf jammern, das hat der Arzt gesagt", erwiderte er und stieß mit ihr an.

Rike trank einen Schluck und grinste. „Das Jammern meine ich nicht, doch dass du uns mitten in einen Tatort gekotzt hast, das hat schon was von einem Weichei", stichelte sie weiter. Doch eigentlich wollte sie nie wieder über diese schlimmsten Minuten ihres Lebens nachdenken. Die Angst, die sie um Faber hatte, war unglaublich gewesen. Sie musste zugeben, Richard Faber lag ihr mehr am Herzen, als sie es je für möglich gehalten hätte. So war das einzige Mittel, mit der ganzen Sache umzugehen, sie ins Lächerliche zu ziehen.

„Man wird nicht jeden Tag von einer Psychopathin aufgeschlitzt, das schlägt einem auf den Magen", erwiderte er salopp und sah dann ihren Gesichtsausdruck. „Doch so richtig Angst hatte ich davor, dass du so schießt wie auf dem Schießstand, denn dann wäre die Kugel in meiner Birne gelandet", fügte er an, um sie aufzuziehen, und sie knuffte ihn in die Seite.

„Da siehst du mal wieder, es kommt immer darauf an, ob sich der Einsatz lohnt", erwiderte sie. In dem Moment konnte sie sich nicht mehr zurückhalten und drückte ihm einfach einen Kuss auf die Wange.

Faber sah sie erstaunt an. „Ach, dann bin ich jemand, für den sich der Einsatz lohnt?", fragte er und ein warmes Lächeln erschien auf seinem Gesicht.

„Aber immer doch, das bist du, Chef!"

ENDE

172

Ostfrieslandkrimi Empfehlungen
des Klarant Verlages

Kennen Sie schon Band 1 der Ostfrieslandkrimi-Serie „Faber und Waatstedt ermitteln" von Elke Nansen?

„Tödliche Krummhörn", Band 1
Taschenbuch ISBN: 978-3-95573-707-8
eBook ISBN: 978-3-95573-708-5

Ein mörderischer Schleier liegt über der ostfriesischen Urlaubsregion Krummhörn. Bei Bauarbeiten wird die mumifizierte Leiche einer jungen Frau entdeckt, mehrere Jahrzehnte lag sie im Fundament des Hotels Deichrose begraben. Hauptkommissar Richard Faber und seine Kollegin Rike Waatstedt von der Kripo Emden werden mit dem Fall betraut. Wer ist die tote Frau, wurde sie ermordet? Eine Identifizierung ist nicht möglich, dennoch ergibt sich schnell ein Verdacht: Silvester 1985 verschwand die Frau des Bauunternehmers Enno Dahlke unter mysteriösen Umständen. Die Ehe war unglücklich, und genau zu dieser Zeit war die Baufirma Dahlke mit der Errichtung des Hotels Deichrose in Ostfriesland beschäftigt... Je tiefer die Kommissare in der Vergangenheit graben, desto düstere Zusammenhänge kommen ans Licht. Sie stoßen auf ein Netz aus Verzweiflung, Korruption und Gier. Die Liste der Verdächtigen wird immer länger, und der Fall mehr und mehr zum Rätsel ...

Lernen Sie die Ostfrieslandkrimi-Serie „Mona Sander und Enno Moll ermitteln" von Sina Jorritsma kennen:

Friesische Inselidylle? Von wegen! Auf der ostfriesischen Insel Borkum lösen Kommissarin Mona Sander und ihr Kollege Enno Moll knifflige Mordfälle. Die emotionale Kommissarin geht bei der Verbrecherjagd gerne ihren eigenen

Weg und scheut dabei kein Risiko … Bei der Krimireihe der Autorin Sina Jorritsma ist Hochspannung garantiert!

In der Serie sind bereits folgende Ostfrieslandkrimis erschienen:

„Friesenbraut", Band 1
Taschenbuch ISBN: 978-3-95573-557-9
eBook ISBN: 978-3-95573-556-2

Auf der ostfriesischen Insel Borkum verschwindet eine Braut kurz vor der Eheschließung. Zunächst glauben die Kommissare Mona Sander und Enno Moll noch an einen dummen Streich. Aber wenig später wird das blutverschmierte Brautkleid gefunden. Ist die dunkelhaarige Schönheit einem Gewaltverbrechen zum Opfer gefallen? Die Inselkommissare finden Indizien, die aber nicht zusammenpassen. Hat der undurchsichtige Exfreund der Braut seine Hände im Spiel? Wer war an den geheimen Sex-Spielen im Ferienhaus beteiligt? Und welches Interesse verfolgt der machtbesessene zukünftige Schwiegervater? Dann findet die Polizei eine Leiche – und muss feststellen, dass die Dinge ganz anders sind, als sie auf den ersten Blick scheinen. Die Mörderjagd versetzt nicht nur die friedliche Nordseeinsel in Aufruhr, sondern wird auch zur persönlichen Herausforderung für Mona Sander. Sie wird selbst zur Zielscheibe des Mörders …

„Friesenkreuz", Band 2
Taschenbuch ISBN: 978-3-95573-552-4
eBook ISBN: 978-3-95573-600-2

Eine Leiche in den Dünen von Borkum gibt Kommissarin Mona Sander und ihrem Kollegen Enno Moll Rätsel auf. War es Mord? Wie lange liegt der Tote schon unter dem Sand begraben? Als die Identität des Mannes geklärt ist, nimmt der Fall erst recht an Fahrt auf. Plötzlich geschieht ein weiteres Verbrechen, und Mona Sander kommt einem

Mordverdächtigen persönlich näher. In dem ostfriesischen Idyll gibt es viele Menschen, die etwas zu verbergen haben. Um den Täter entlarven zu können, muss die Kommissarin ein dunkles Geheimnis aus der Vergangenheit lösen …

„Friesenlauf", Band 3
Taschenbuch ISBN: 978-3-95573-553-1
eBook ISBN: 978-3-95573-618-7

Ein Jogger beißt ins Dünengras und stirbt scheinbar eines natürlichen Todes. Hat sich Hardy Lohmann beim traditionellen Meilenlauf auf Borkum einfach zu viel zugetraut? Kommissarin Mona Sander ist als Ersthelferin vor Ort und bemerkt verdächtige Symptome. Eine Obduktion des Toten schafft Gewissheit: Das Opfer wurde vergiftet. Hat seine junge schöne Geliebte ihre Hand im Spiel gehabt? Und welche Rolle kommt einem zwielichtigen Abmahnanwalt zu? Wem gehören die 100.000 Euro, die in Lohmanns Ferienhaus gefunden werden? Mona Sander und ihr Kollege Enno Moll beginnen mit der Untersuchung des Mordfalls. Doch als plötzlich ein undurchsichtiger Mann aus Monas Vergangenheit auftaucht, spitzen sich die Ereignisse dramatisch zu …

„Friesenflirt", Band 4
Taschenbuch ISBN: 978-3-95573-542-5
eBook ISBN: 978-3-95573-541-8

Ein rätselhafter Todesfall erschüttert die ostfriesische Insel Borkum. Im Hotel Teutonia wird eine junge Frau erhängt aufgefunden. Zunächst spricht einiges für einen Selbstmord, doch bei der Obduktion werden Spermaspuren von zwei Männern an der Toten entdeckt. Ist ihr ein scheinbar harmloser Flirt zum Verhängnis geworden?

Die Inselkommissare Mona Sander und Enno Moll ermitteln und finden heraus, dass die attraktive Blondine als Treutesterin gearbeitet hat. In Verdacht: Markus Winter, der dubiose Chef der Treuetest-Agentur. Er war zur Tatzeit auch auf Borkum und verstrickt sich immer mehr in Widersprüche… Andere Hinweise deuten auf ein mysteriöses Doppelleben der Toten. Kommissarin Mona Sander lässt nicht locker und kommt dem Täter dabei gefährlich nah …

„Friesenwahn", Band 5
Taschenbuch ISBN: 978-3-95573-622-4
eBook ISBN: 978-3-95573-623-1

Am Strand von Borkum wird eine Brandleiche in einem Ruderboot angespült. Der Körper ist bis zur Unkenntlichkeit verbrannt, doch bald steht die Identität des Toten fest: Es handelt sich um den erfolgreichen ostfriesischen Strafverteidiger Fokke Huizinga. Der Ermordete war auf Borkum zu einem Treffen von Hobbywikingern. Gab es Streit unter den Wikingern, der tödlich endete? Und welche Rolle spielt der obskure Geistheiler Jeremias Brock? Seine Anhänger scheinen einem regelrechten Wahn zu verfallen, und die Frau des Ermordeten ist eine von ihnen… Die Liste der Verdächtigen wird immer länger, und die Inselkommissare Mona Sander und Enno Moll stehen vor einem Rätsel. Als der Fall für Enno zu einer persönlichen Angelegenheit wird, droht endgültig alles außer Kontrolle zu geraten …

„Friesenstalker", Band 6
Taschenbuch ISBN: 978-3-95573-688-0
eBook ISBN: 978-3-95573-701-6

Die ostfriesische Insel Borkum wird von einem düsteren Mord erschüttert. Ein verurteilter Stalker wird tot aufgefunden, gnadenlos stranguliert mit einem Seil. Handelt es sich um einen gemeinschaftlichen Racheakt? Ausgerechnet die drei jungen Frauen, die den Stalker angezeigt hatten, machen gerade zusammen Urlaub auf Borkum. Haben Reina, Hanna und Janina ein Mordkomplott geschmiedet und sich an ihrem Peiniger gerächt? Einiges deutet darauf hin, doch die Inselkommissare Mona Sander und Enno Moll ermitteln in alle

Richtungen. Ins Visier gerät auch die Schwester des Ermordeten, Helena Kiebing. Sie scheint ihren Bruder zutiefst gehasst zu haben, und sie ist in merkwürdige Machenschaften verstrickt ... Je tiefer die Kommissare graben, desto unübersichtlicher wird der Fall. Schließlich überschlagen sich die Ereignisse auf der Nordseeinsel, und plötzlich gerät Mona in tödliche Gefahr …

„Friesenjuwel", Band 7
Taschenbuch ISBN: 978-3-95573-764-1
eBook ISBN: 978-3-95573-765-8

Bei einem Überfall auf das renommierte Juweliergeschäft Hettinga auf Borkum wird der Inhaber getötet. Schnell wird den Inselkommissaren Mona Sander und Enno Moll klar, dass es sich keineswegs um einen „normalen" Raubüberfall handelte, denn ganz offensichtlich kannte der Räuber die Kombination des Safes. Und warum wurde nur eine ganz bestimmte wertvolle Schmucksammlung gestohlen, eine große Summe Bargeldes aber liegen gelassen? Und weshalb wurde der unbewaffnete Juwelier erschossen? Systematisch gehen sie den verschiedensten Hinweisen nach und je tiefer sie graben, auf umso mehr Abgründe stoßen sie – verbotenes Glückspiel, Hehlerei und Drogen auf der beschaulichen Nordseeinsel! Immer neue Verdächtige geraten in den Fokus der Ermittlungen und es gibt einen weiteren Toten. Aber als sich langsam der Nebel lichtet und sich ein klares Bild herauskristallisiert, ist plötzlich Mona verschwunden. Fieberhaft machen sich ihre Kollegen auf die Suche, denn der skrupellose Täter geht im wahrsten Sinne des Wortes über Leichen …

Klarant Verlag

Lernen Sie die Ostfrieslandkrimi-Titel des Klarant Verlages kennen und besuchen Sie uns im Internet unter:

www.ostfrieslandkrimi.de

und

www.klarant.de

Sie können dort Näheres über unsere Autoren erfahren, viele weitere interessante Bücher und eBooks finden und Leseproben herunterladen. Mit dem kostenlosen Newsletter auf

www.ostfrieslandkrimi-lesen.de

erhalten Sie aktuelle Informationen rund um das Verlagsprogramm, wie beispielsweise spannende Neuerscheinungen und Gewinnspiele.